M

T0009646

Biografía

Agatha Christie es conocida en todo el mundo como la Dama del Crimen. Es la autora más publicada de todos los tiempos, tan sólo superada por la Biblia y Shakespeare. Sus libros han vendido más de mil millones de ejemplares en inglés y otros mil millones en otros idiomas. Escribió un total de ochenta novelas de misterio y colecciones de relatos breves, diecinueve obras de teatro y seis novelas escritas con el pseudónimo de Mary Westmacott. Probó suerte con la pluma mientras trabajaba en un hospital durante la primera guerra mundial, y debutó con *El misterioso caso de Styles* en 1920, cuyo protagonista es el legendario detective Hércules Poirot, que luego aparecería en treinta y tres libros más. Alcanzó la fama con *El asesinato de Roger Ackroyd* en 1926, y creó a la ingeniosa miss Marple en *Muerte en la vicaría*, publicado por primera vez en 1930. Se casó dos veces, una con Archibald Christie, de quien adoptó el apellido con el que es conocida mundialmente como la genial escritora de novelas y cuentos policiales y detectivescos, y luego con el arqueólogo Max Mallowan, al que acompañó en varias expediciones a lugares exóticos del mundo que luego usó como escenarios en sus novelas. En 1961 fue nombrada miembro de la Real Sociedad de Literatura y en 1971 recibió el título de Dama de la Orden del Imperio Británico, un título nobiliario que en aquellos días se concedía con poca frecuencia. Murió en 1976 a la edad de ochenta y cinco años. Sus misterios encantan a lectores de todas las edades, pues son lo suficientemente simples como para que los más jóvenes los entiendan y disfruten pero a la vez muestran una complejidad que las mentes adultas no consiguen descifrar hasta el final.

www.agathachristie.com

Agatha Christie
Muerte en las nubes

Traducción de A. Nadal

 Planeta

Obra editada en colaboración con Editorial Planeta – España

Death in the clouds Copyright © 1935 Agatha Christie Limited. Todos los derechos reservados.

AGATHA CHRISTIE, POIROT, la firma de Agatha Christie y el logo del Monograma de AC son marcas registradas de Agatha Christie Limited en el Reino Unido y en otros lugares. Todos los derechos reservados.

Agatha Christie ®

Traducción de A. Nadal
Composición: Realización Planeta

Diseño de portada: Planeta Arte & Diseño / David López
Fotografía de portada: iStock

© 2021, Planeta Argentina S.A.I.C. – Buenos Aires, Argentina

Derechos reservados

© 2024, Editorial Planeta Mexicana, S.A. de C.V.
Bajo el sello editorial BOOKET M.R.
Avenida Presidente Masarik núm. 111,
Piso 2, Polanco V Sección, Miguel Hidalgo
C.P. 11560, Ciudad de México
www.planetadelibros.com.mx

Primera edición impresa en España: abril de 2021
ISBN: 978-84-08-23815-7

Primera edición impresa en México en Booket: enero de 2024
ISBN: 978-607-39-0895-5

Impreso en los talleres de Litográfica Ingramex, S.A. de C.V.
Centeno núm. 162-1, colonia Granjas Esmeralda, Ciudad de México
Impreso en México – *Printed in Mexico*

PLANO DEL COMPARTIMIENTO POSTERIOR DEL AVIÓN «PROMÉTHEUS»

Capítulo primero

De París a Croydon

El sol de septiembre caía de lleno en el aeródromo de Le Bourget mientras los pasajeros cruzaban el campo y subían al correo aéreo *Prometheus*, que había de salir enseguida para la ciudad de Croydon. Jane Grey fue de las primeras en entrar y ocupó el asiento número 16. Algunos pasajeros entraron por la puerta central y, pasando por delante de la angosta repostería y de los dos lavabos, fueron a ocupar la parte delantera del aparato. Casi todos estaban ya sentados, y en el interior había un ruido de conversaciones que dominaba una voz chillona y penetrante de mujer. Jane torció ligeramente los labios. Aquella voz le era conocida.

—Querida... Es extraordinario..., no tenía la menor idea... ¿Dónde dice usted? ¿Juan-les-Pins? ¡Ah! Sí. No... Le Pinet... Sí. La misma gente... Pero, claro, sentémonos juntas. ¡Oh! ¿No se puede? ¿Cómo...? ¡Ah! Vamos...

Y luego la voz extranjera de un educado caballero:

—Con el mayor placer, señora. ¡No faltaba más!

Un hombrecillo de cierta edad, con grandes bigotes y una cabeza ovalada, se trasladaba de su asiento a la parte opuesta del de Jane, pendiente de sus objetos personales.

Ésta volvió un poco la cabeza y vio a las dos mujeres cuyo inesperado encuentro proporcionó al desconocido ocasión de mostrarse tan cortés. El hecho de mencionar Le Pinet despertó la curiosidad de Jane, que también había estado allí.

Recordaba perfectamente a una de las señoras de haberla visto sentada a la mesa de bacarrá cerrando y abriendo los puños nerviosamente y enrojeciendo y palideciendo alternativamente su cara maquillada, que la hacía parecer una frágil porcelana de Dresde. Pensó que no tendría que esforzarse mucho para recordar su nombre. Un amigo lo había pronunciado al afirmar que era aristócrata por matrimonio, pues había sido corista o algo por el estilo.

La otra señora era, en opinión de Jane, toda una señora, de esas que en el campo montan a caballo; pero pronto se despreocupó de las dos mujeres para distraerse con la vista del campo de Le Bourget que podía observarse desde la ventanilla. Había por allí otros aparatos y le llamó especialmente la atención uno que parecía un enorme ciempiés.

Estaba decidida a no mirar frente a ella, donde se sentaba un joven que llevaba una gabardina de color azul claro. Y también estaba resuelta a no mirar por encima de la gabardina para no encontrarse con los ojos del joven. ¡Eso nunca!

Los mecánicos gritaron en francés, el aparato produjo un ruido estrepitoso, se mitigó, volvió a rugir y el aeroplano empezó a moverse.

Jane retuvo el aliento. Era su segundo vuelo, y aún se creía capaz de emocionarse. Le parecía que iban a estrellarse contra la empalizada de enfrente. Pero no: se estaban elevando, girando suavemente en el aire, y Le Bourget quedaba debajo y a la zaga.

El correo de mediodía emprendió la ruta en dirección a Croydon, conduciendo a veintiún pasajeros: diez en el departamento de delante y once en el de atrás. Dos camareros y dos pilotos los servían. El ruido de los motores estaba muy hábilmente amortiguado y no hacía falta taparse los oídos con bolitas de algodón. Con todo, el ruido era suficiente para molestar la charla e incitar a la meditación.

Mientras el avión bramaba sobre las tierras de Francia

en dirección al Canal, los viajeros del departamento delantero se entregaron a sus diversos pensamientos.

Jane Grey se decía: «No lo miraré... No quiero... Es preferible que no lo mire. Pensaré en algo agradable; eso será lo mejor para pasar el tiempo y mantener una actitud formal. Empezaré desde el principio y seguiré el hilo de mis pensamientos».

De manera resuelta situó su memoria en lo que consideró el principio de sus reflexiones, que fue el momento de tomar el billete para las carreras de Irlanda. Fue una extravagancia muy excitante.

Recordó las risas y frases burlonas del establecimiento de tocados donde ella y cinco muchachas más estaban empleadas.

—¿Qué harás si ganas, querida?

—Yo ya sé lo que haría.

Planes y castillos en el aire, un sinfín de proyectos.

Bien, no ganó aquello. «Aquello» era el primer premio. Pero ganó cien libras.

Cien libras.

—Gasta la mitad, querida, y guarda lo demás para un día de apuro. Nunca sabe una lo que puede pasar.

—Yo de ti compraría un abrigo de pieles bien elegante.

—¿Y qué me dices de un viaje por mar?

Jane se había estremecido ante la idea de un viaje por mar, pero se mantuvo fiel a su primera idea. Una semana en Le Pinet. ¡Muchas de sus clientas iban y venían de Le Pinet! Cuántas veces, mientras sus manos acariciaban y arreglaban las ondas y su lengua pronunciaba maquinalmente frases manidas, como «Vamos a ver, ¿cuánto tiempo hace que no se ha hecho la permanente?», «Su cabello tiene un color muy extraño, señora», «¡Qué verano tan fantástico hemos tenido!, ¿verdad, señora?», cuántas veces, decimos, había pensado: «¿Por qué diablos no podré ir yo a Le Pinet?». Y ahora podía darse ese gusto.

Por la ropa no debía preocuparse. Jane, como la mayor parte de muchachas londinenses empleadas en establecimientos elegantes, podía hacer milagros con cuatro trapos. Las uñas, el maquillaje y el peinado no dejaban nada que desear.

Jane fue a Le Pinet.

¿Era posible que ahora, al menos en su imaginación, aquellos diez días pasados en Le Pinet acabasen en un incidente?

Un incidente que tenía su origen en la ruleta... Jane destinaba cada tarde una determinada cantidad al placer del juego, decidida a no excederse ni en un céntimo. Contra la superstición general aceptada como norma, Jane tuvo al principio mala suerte. Aquello sucedió la cuarta tarde y precisamente en la última apuesta. Hasta entonces había jugado con prudencia al color o a una de las docenas. Ganó algo, pero perdió más, y por fin estaba indecisa con la apuesta en la mano.

Había dos números a los que nadie había jugado: el cinco y el seis. ¿Podría su última apuesta ir a uno de estos números? ¿A cuál? ¿Al cinco o al seis? ¿Por cuál se inclinaba el corazón?

El cinco, iba a salir el cinco. La bola estaba dando vueltas. Jane alargó la mano. El seis, ya había apostado al seis.

Lo hizo a tiempo. Ella y otro jugador habían puesto al mismo tiempo: ella al seis y él al cinco.

—*Rien ne va plus* —dijo el crupier.

La bola dio un golpe seco y se paró.

—*Le numéro cinq, rouge, impar, manque.*

Jane estuvo a punto de lanzar un grito de contrariedad. El crupier barrió las apuestas y pagó. El jugador que Jane tenía delante dijo:

—¿No recoge usted sus ganancias?

—¿Mías?

—Sí.

—¡Si puse en el seis!

—Está equivocada. Yo aposté al seis y usted al cinco.

—Y le dirigió una sonrisa muy atractiva, enseñando unos dientes cuya blancura resaltaba en un rostro moreno con ojos azules y cabello corto y crespo.

Sin acabar de creérselo, Jane recogió sus ganancias. Quizá atolondradamente había puesto sus fichas en el cinco. Dirigió una mirada de duda al desconocido y le correspondió con otra sonrisa.

—Mucho ojo —le dijo él—. Si no recoge pronto sus ganancias se las birlará cualquiera que no tenga derecho. Es un truco muy sabido.

Luego, con un ligero saludo amistoso, se había marchado. Aquello también denotaba su delicadeza. De otro modo hubiera permitido suponer que le cedía sus propias ganancias como pretexto para relacionarse con ella. No era de esos hombres. Un joven correctísimo... Y ahora lo tenía sentado frente a ella.

Pero todo estaba ya terminado. Ya no le quedaba dinero. Dos días en París, dos días de desilusión, y a casita volando.

¿Y luego qué?

—Alto ahí —le dijo Jane a su pensamiento—. ¿Qué te importa lo que vendrá después? Pensar en eso no hará más que ponerte nerviosa.

Las dos señoras se habían cansado de hablar.

Jane miró a lo largo del pasillo. La señora de la cara de porcelana lanzó una exclamación petulante, examinándose la uña rota de un dedo. Tocó el timbre y, al acercarse el camarero con su chaqueta blanca, le dijo:

—Mándame a la doncella, que está en el otro departamento.

—Sí, señora.

El camarero, muy deferente, muy solícito, desapareció. Se presentó una muchacha francesa de pelo castaño, vestida de negro, que llevaba un joyero.

Lady Horbury le habló en francés.

—Madeleine, tráeme la caja de tafilete rojo.

La doncella atravesó el pasillo hasta el extremo del avión, donde había un montón de mantas y maletas.

La muchacha volvió con una maletita encarnada.

Cicely Horbury la cogió y despidió a la doncella.

—Está bien, Madeleine; déjamela aquí.

La doncella desapareció. Lady Horbury abrió el maletín y de su interior sacó una lima de uñas. Luego se miró largo rato y muy seria a un espejillo, se pasó la brocha por la cara y se pintó un poco más los labios.

Los de Jane se torcieron en una mueca despectiva. Y siguió mirando más allá.

Detrás de las dos señoras se sentaba el extranjero que le había cedido el asiento a una de ellas. Muy arrebujado en una bufanda innecesaria, parecía dormir profundamente; pero, como si le molestase la mirada de Jane, abrió los ojos, los fijó en ella un instante y volvió a cerrarlos.

A su lado había un señor de rostro autoritario. Sobre sus piernas tenía el estuche de una flauta que estaba limpiando con mucho esmero. A Jane le produjo una impresión cómica, pues más que músico parecía un abogado o un doctor.

Detrás de ellos se sentaban dos franceses, uno de barba negra y otro más joven, acaso su hijo, que hablaban muy excitados y con ostensibles ademanes.

Ante ella sólo estaba el joven de la gabardina, a quien, por motivos inexplicables, había decidido no mirar.

«¡Qué ridículo es sentirse tan agitada! ¡Ni que tuviera diecisiete años!», pensó Jane, con disgusto.

Y frente a ella Norman Gale pensaba:

«Es hermosa, realmente hermosa... La recuerdo muy bien. Parecía tan decepcionada cuando le barrían sus apuestas que valía la pena darle el gusto de ganar. Y lo hice bastante bien... Está encantadora cuando sonríe. ¡Qué den-

12

tadura tan limpia y qué mejillas tan saludables...! ¡Diablos! Estoy demasiado excitado. Calma, chico...».

Y le dijo al camarero, que se inclinaba a su lado con el menú:

—Comeré lengua fría.

La condesa de Horbury pensaba:

«¡Dios mío! ¿Qué puedo hacer? Estoy hecha una ruina..., una ruina. No me queda más que un remedio. Si me atreviese... ¿Me atreveré? ¿Cómo puedo disimular lo que está tan claro? Tengo los nervios alterados. Esta cocaína. ¿Por qué habré tomado cocaína? Mi cara es horrorosa, sencillamente horrorosa. Y esa gata de Venetia Kerr aún lo estropea más estando aquí. Siempre me mira como a una puerca. Pretende a Stephen. ¡Bueno, pues no lo tendrá! Su cara alargada me descompone... Parece un caballo. Detesto a estas provincianas. ¡Dios mío! ¿Qué puedo hacer? He de tomar una resolución. Ya tenía razón la vieja zorra...».

Metió la mano en un lujoso bolso buscando una pitillera y puso un cigarrillo en una larga boquilla. Sus manos temblaban ligeramente.

La ilustre Venetia Kerr pensaba:

«Es una perdida. Tal vez sea técnicamente virtuosa, pero es una perdida de pies a cabeza. Pobre Stephen... Si al menos pudiera separarse de ella...».

Y, a su vez, sacó la pitillera y aceptó un fósforo de Cicely Horbury.

El camarero dijo:

—Perdón, señoras: no fumen.

Cicely Horbury exclamó:

—¡Diablos!

Hércules Poirot pensaba:

«Es bonita esa pequeña de ahí. En su barbilla hay determinación. ¿Por qué estará tan preocupada? ¿Por qué está tan decidida a no mirar al joven que tiene enfrente? Tanto él como ella se dan cuenta de su actitud mutua... —El aeroplano inició un súbito descenso—. *Mon estomac!*», y algo temeroso cerró los ojos deliberadamente.

Mientras acariciaba la flauta, el doctor Bryant pensaba: «No puedo decidirme, sencillamente, no puedo. Éste es el viaje más decisivo de mi carrera...».

Sacó la flauta del estuche nerviosamente, con cuidado, con cariño... La música... En la música encuentra uno alivio para todos los quebrantos. Sonriendo, acercó la flauta a sus labios y luego la volvió a guardar. El hombrecillo de los bigotes, que estaba a su lado, dormía profundamente. Por un momento, cuando el avión descendió un poco, se le había visto palidecer. El doctor Bryan se congratuló de no indisponerse ni por tierra, ni por mar, ni por aire...

M. Dupont *père* se revolvió agitado en su asiento, increpando a su hijo, al que tenía al lado.

—Eso no ofrece la menor duda. ¡Todos están equivocados..., los alemanes, los americanos, los ingleses! Si miras la vajilla de Samara...

Jean Dupont, alto, rubio, con una pose de indolencia, dijo:

—Hay que sacar las pruebas de todas las fuentes. Ahí tienes el Alto Halaf y Sakje Geuze...

Prolongaron la discusión.

Armand Dupont abrió atropelladamente un maletín muy gastado.

—Mira cómo hacen hoy estas pipas kurdas. La decoración es casi exacta a la que se ve en la cerámica de 5.000 años antes de Cristo.

Y con un elocuente ademán estuvo a punto de tirar el plato que un camarero colocaba ante él.

Míster Clancy, autor de novelas detectivescas, se levantó de su asiento, detrás de Norman Gale, y fue al otro extremo de la cabina, sacó un libro del bolsillo de su chubasquero y volvió con él a trabajar en la redacción de una coartada difícil para sus fines profesionales.

Míster Ryder, detrás de él, pensaba:

«Tendré que mantenerme firme hasta el final, pero no será fácil. No sé de dónde voy a sacar los débitos para el próximo dividendo. Si excedemos el dividendo, estoy perdido... ¡Maldita sea!».

Norman Gale se levantó y entró en el lavabo. Apenas hubo desaparecido, Jane sacó un espejito para mirarse la cara, a la que aplicó polvos y lápiz rojo.

Un camarero le sirvió una taza de café.

Jane miró por la ventanilla. Debajo brillaba el azul del mar del Canal.

Una avispa zumbó en torno a la cabeza de míster Clancy, mientras estaba enfrascado en sus elucubraciones, y la espantó distraídamente. La avispa se alejó para volar sobre las tazas de café de los Dupont. El hijo, al darse cuenta, la mató.

Todo quedó tranquilo en el avión. Cesó la conversación y los pensamientos de cada uno siguieron su curso.

A un extremo del departamento, en el asiento número 2, la cabeza de madame Giselle se inclinó hacia delante. Podía parecer que acababa de dormirse. Pero no dormía, ni hablaba ni pensaba.

Madame Giselle estaba muerta...

Capítulo 2

Un descubrimiento

Henry Mitchell, el mayor de los camareros, pasaba rápidamente de mesa en mesa, dejando notas. Dentro de media hora llegarían a Croydon. Recogía las notas y el dinero, se inclinaba y decía: «Gracias, señor. Gracias, señora». En la mesa de los dos franceses tuvo que esperar un poco, porque estaban muy distraídos en sus discusiones, y no confiaba en recibir buena propina. Dos de los viajeros dormían: el hombrecillo de los bigotes y la vieja del extremo. Siempre recibía de ella buenas propinas en sus frecuentes vuelos, y por tanto le dolía despertarla.

El hombrecillo del bigote se despertó y pagó el sifón y los delgados *biscuits*, que era todo lo que había pedido.

Mitchell dejó que la otra pasajera durmiese hasta última hora. Cinco minutos antes de llegar a Croydon se le acercó y se inclinó sobre ella.

—*Pardon*, madame, su nota.

Le tocó suavemente el hombro. Ella no se despertó. Insistió él sacudiéndola un poco, pero el único resultado que obtuvo fue un inesperado abatimiento del cuerpo hacia delante. Mitchell se agachó sobre ella y se irguió luego con una palidez espantosa.

Albert Davis, el segundo camarero, dijo:

—¡Bah! ¡No bromees!

—Te digo la verdad.

Mitchell estaba blanco y tembloroso.

—¿Estás seguro, Henry?

—¡Y tan seguro! Al menos..., bueno, creo que se trata de un ataque.

—Enseguida llegaremos a Croydon.

Permanecieron un momento indecisos. Luego tomaron una determinación. Mitchell volvió al departamento de viajeros y fue de mesa en mesa, inclinándose y murmurando en tono confidencial:

—Perdone, señor, ¿es usted por casualidad médico...?

Norman Gale dijo:

—Yo soy dentista. Pero si puedo hacer algo...

Ya estaba levantándose cuando el doctor Bryant dijo:

—Yo soy médico. ¿Qué pasa?

—Hay una señora allá, en el otro extremo..., no me gusta su cara. —Bryant se puso en pie y acompañó al camarero. El hombrecillo de los bigotes los siguió sin que se fijasen.

El doctor Bryant se inclinó sobre el encogido cuerpo del asiento número 2. Era una señora corpulenta, de edad madura, vestida de negro.

El examen del doctor fue breve.

—Está muerta —dijo.

—¿Qué le parece a usted que ha sido? —preguntó Mitchell—. ¿Algún ataque?

—No lo puedo decir sin un examen minucioso. ¿Cuándo la ha visto usted por última vez...? Viva, quiero decir.

Mitchell reflexionó.

—Estaba perfectamente cuando le he servido el café.

—¿Cuándo ha sido eso?

—Hará unos tres cuartos de hora aproximadamente. Luego, cuando le presenté la nota, pensé que dormía profundamente o...

—Hace cosa de media hora que ha muerto.

La consulta empezaba a ser interesante. Los pasajeros

volvían la cabeza mirando al grupo y aguzaban los oídos para escuchar.

—¿No le parece que puede haber sido un ataque? —sugirió Mitchell, esperanzado.

Se agarraba a la conjetura de un ataque.

La hermana de su mujer sufría ataques. Para él, éstos eran realidades que todo el mundo podía comprender.

El doctor Bryant no quería comprometerse y se limitó a mover la cabeza con un gesto equívoco.

Se volvió al oír que alguien decía a su espalda:

—Hay una señal en el cuello.

Vio que era el hombrecillo bigotudo, que hablaba con humildad, como debe hablarse a un hombre cuya superioridad se reconoce.

—Cierto —dijo el doctor.

La cabeza de la mujer caía a un lado y en el cuello, cerca de la garganta, se veía una punzada insignificante.

—Perdón —dijeron los dos Dupont, uniéndose al grupo, cuando oyeron las últimas frases de la conversación—. ¿Dicen ustedes que la señora está muerta y que hay una señal en su cuello?

Y Jean, el hijo, agregó:

—¿Me permiten una observación? Por aquí volaba una avispa. Yo la maté. —Y enseñó el insecto en el platillo del café—. ¿No es posible que la señora haya muerto de una picada de avispa? Creo que este insecto puede producir la muerte...

—Es posible —convino Bryant—. He visto casos semejantes. Sí, sería una explicación admisible, especialmente si la señora sufría una enfermedad cardíaca...

—¿Puedo hacer algo, señor? —preguntó el camarero—. Dentro de un minuto estaremos en Croydon.

—Nada, nada —dijo el doctor, apartándose un poco—. No podemos hacer nada. El cadáver ha de permanecer donde está, camarero.

—Sí, señor; lo comprendo.

El doctor Bryant se dispuso a ocupar su asiento y miró con sorpresa al hombrecillo abrigado, que permanecía inmóvil.

—Amigo mío —le dijo—, lo mejor será que vuelva a su asiento. Llegaremos a Croydon inmediatamente.

—Dice usted bien, señor —aprobó el camarero. Y levantó la voz—. Hagan todos el favor de sentarse.

—*Pardon* —dijo el hombrecillo—. Aquí hay algo...

—¿Algo?

—*Mais oui*, algo que ha sido olvidado.

Y con la punta del zapato indicó el objeto a que aludía. El camarero y el doctor Bryant miraron a donde señalaba la puntera y distinguieron un objeto amarillo y negro, casi tapado por el borde de la falda.

—¿Otra avispa? —dijo el doctor, sorprendido.

Hércules Poirot se arrodilló, sacó unas pinzas del bolsillo y las usó con cuidado.

—Sí —dijo, levantándose con su presa—, es muy parecido a una avispa, ¡pero no lo es!

Y volvió el objeto a uno y otro lado para que el doctor y el camarero pudieran verlo bien: era un pequeño copo de seda, naranja y negra, sujeto a una larga púa de forma peculiar con la punta descolorida.

—¡Válgame Dios! ¡Válgame Dios! —exclamó míster Clancy, que había dejado su asiento y asomaba ansiosamente la cabeza por encima del hombro del camarero—. Es curioso, realmente curioso; lo más curioso que he visto en mi vida. ¡Por Dios, nunca lo hubiera creído!

—¿Haría el favor de explicarse mejor, caballero? —preguntó Mitchell—. ¿Sabe usted lo que es esto?

—¿Si sé lo que es? ¡Claro que sé lo que es! —gritó míster Clancy lleno de entusiasmo y de orgullo—. Este objeto, señores, es el aguijón que ciertas tribus disparan con una cerbatana. No puedo asegurar si son las tribus de la América del Sur o los habitantes de Borneo; pero no hay duda de que es una clase de flecha que se dispara con cerbatana, y tengo firmes sospechas de que la punta...

—Es la famosa flecha envenenada de los indios sudamericanos —acabó Hércules Poirot. Y añadió—: *Mais enfin! Est-ce que c'est possible?*

—Ciertamente es muy extraordinario —dijo míster Clancy, sin salir de su asombrosa excitación—. Es la cosa más extraordinaria. Soy autor de novelas policíacas, pero encontrarme ahora, en la vida real...

Tuvo que callarse.

El avión descendía suavemente y todos los que estaban de pie se tambalearon un poco. El aparato bajaba describiendo círculos sobre el aeródromo de Croydon.

Capítulo 3

Croydon

El camarero y el doctor dejaron de ser dueños de la situación, suplantados por aquel hombrecillo, casi ridículo entre la bufanda que lo envolvía. Hablaba con tal autoridad y tal convencimiento de que se le obedecería que nadie se atrevió a rechistarle.

Dijo algo al oído de Mitchell y éste asintió. Moviendo la cabeza y abriéndose paso entre los viajeros fue a ponerse en la puerta de acceso a los lavabos, en la parte delantera del avión.

El aeroplano corría ya por la superficie de la pista y, cuando por fin se detuvo, Mitchell dijo en voz alta:

—He de rogarles, señoras y caballeros, que nadie se mueva de su puesto y permanezcan sentados hasta que una persona autorizada se haga cargo. Espero que no se molesten mucho por ello.

Casi todos aceptaron esta orden de manera muy razonable. Sólo protestó chillando una mujer, lady Horbury:

—¡Tonterías! ¿Sabe usted quién soy? Insisto en que se me deje marchar al momento.

—Lo siento mucho, señora. No puedo hacer excepciones.

—Pero esto es ridículo, completamente ridículo —protestó Cicely dando patelditas de enojo—. Le denunciaré a usted a la compañía. Es indignante que nos tengan aquí encerrados con un cadáver.

—Realmente, querida —dijo Venetia Kerr con un tono

de persona bien educada—, es muy- desagradable; pero creo que tendremos que resignarnos. —Se sentó y sacó un cigarrillo, diciendo—: ¿Puedo fumar, caballeros?

El acosado Mitchell respondió:

—No creo que haya inconveniente, señorita.

Volvió la cabeza para mirar. Davis desembarcaba a los viajeros del departamento anterior por la puerta de socorro y luego fue en busca de órdenes.

La espera no fue larga, pero a los viajeros les pareció que había transcurrido como mínimo media hora hasta que apareció un caballero que atravesó con paso marcial la pista, acompañado de un policía uniformado, y subió al avión por la puerta que Mitchell le abrió.

—Vamos a ver —dijo el recién llegado en tono autoritario—, ¿qué ha pasado aquí?

Escuchó a Mitchell y luego al doctor Bryant, y después de dedicar a la difunta una rápida mirada y de dar una orden al guardia se dirigió a los viajeros:

—¿Harán el favor de seguirme, señoras y caballeros?

—Oiga, inspector —dijo míster James Ryder—. Tengo en Londres una cita muy urgente, de negocios.

—Lo siento, señor.

—¡Yo soy lady Horbury, y me parece una ofensa imperdonable que se me detenga de esta forma!

—Lo siento en el alma, lady Horbury, pero ya comprenderá usted que se trata de algo muy serio. Parece un caso de asesinato.

—La flecha envenenada de los indios sudamericanos —murmuró míster Clancy, delirante de alegría.

El inspector le dirigió una mirada de sospecha.

El arqueólogo francés habló atropelladamente en su lengua y el inspector le replicó serena y lentamente en el mismo idioma.

Venetia Kerr observó:

—Todo esto resulta muy fastidioso, pero supongo

que usted ha de cumplir con su obligación, señor inspector.

A lo que replicó él en tono de agradecimiento.

—Muchas gracias, señora.

Y prosiguió, dirigiéndose a todos en general:

—Tengan ustedes la bondad de aguardar aquí, debo intercambiar unas palabras con el doctor..., ¿el doctor...?

—Bryant, para servirle.

—Gracias. Venga conmigo, doctor.

—¿Puedo asistir a su entrevista? —preguntó el hombrecillo de los bigotes.

El inspector se volvió a él con cara avinagrada. Pero su aspecto cambió al momento.

—Perdone, monsieur Poirot. Va usted tan abrigado que no lo había conocido. Venga usted, no faltaba más.

Abrió la puerta y dejó pasar a los señores Bryant y Poirot, seguidos de las miradas de sospecha de los demás pasajeros.

—¿Por qué a éste le permite salir mientras nosotros tenemos que permanecer aquí? —gritó Cicely Horbury.

Venetia Kerr se sentó resignadamente en un banco diciendo:

—Probablemente es un policía francés o un agente secreto de Aduanas.

Y encendió un cigarrillo.

Norman Gale dijo con cierta timidez a Jane:

—Creo que la vi a usted en Le Pinet.

—Estuve allí.

—Es un lugar muy agradable —dijo Norman Gale—. A mí me entusiasman los pinos.

—Sí —dijo Jane—. ¡Huelen tan bien!

Y ambos callaron largo rato sin saber qué añadir.

Al fin dijo Gale:

—Yo... la reconocí al momento en el avión.

Jane se mostró sorprendida.

—¿De veras?

—¿Cree usted que esa mujer ha sido asesinada? —preguntó él.

—Supongo que sí —asintió Jane—. Es emocionante en cierto modo, pero no deja de producir cierta repugnancia —añadió estremeciéndose. Norman Gale se acercó en actitud protectora.

Los Dupont estaban hablando en francés. Míster Ryder hacía números en una libreta de bolsillo y de cuando en cuando sacaba el reloj. Cicely Horbury daba pataditas de impaciencia. Encendió un cigarrillo con mano temblorosa.

Contra la puerta se apoyaba un policía muy alto, que vestía un uniforme azul intachable y miraba con ojos inexpresivos.

En el despacho contiguo, el inspector Japp hablaba con el doctor Bryant y Hércules Poirot.

—¡Ah! Estoy esperando cazar un pájaro de cuidado en la zona de contrabando. Ha sido una suerte encontrarme en mi puesto. Hace años que no me veía en un caso tan sorprendente. Vamos a ver si ponemos algo en claro. Antes que nada, doctor, le agradecería que me diese sus nombres y señas.

—Roger James Bryant, especialista en enfermedades de oído y garganta. Vivo en la calle Harley, número 329.

Un estólido guardia que estaba sentado a la mesa apuntó estos datos.

—Nuestro forense examinará el cadáver, por supuesto —dijo Japp—, pero le necesitaremos a usted en las investigaciones judiciales, doctor.

—Perfectamente, perfectamente.

—¿Puede darnos una idea acerca del tiempo transcurrido desde la muerte?

—La mujer debió de morir media hora antes de examinarla yo. Lo hice cinco minutos antes de llegar a Croydon.

No puedo fijar su muerte con más exactitud, pero el camarero dice que había hablado con ella una hora antes.

—Bueno, eso ya reduce el campo de probabilidades. No sé si estaría bien preguntarle si observó usted algo de índole sospechosa.

El doctor movió la cabeza negando.

—Y yo estaba durmiendo —dijo Poirot con amargura—. Me desazono casi tanto en el aire como en el mar. Por eso me abrigo bien y procuro dormir el mayor tiempo posible.

—¿Tiene alguna idea sobre la causa de la muerte, doctor?

—No me gustaría afirmar nada concreto, por ahora. Es un caso para la autopsia y el análisis.

Japp asintió, comprensivo.

—Bien, doctor —dijo—; no creo que haga falta retenerlo por más tiempo. Me temo que luego tendré que molestarle para ciertas formalidades, como a todos los viajeros. No podemos hacer excepciones.

El doctor Bryant sonrió.

—Preferiría que se cerciorase usted de que no llevo... cerbatanas u otras armas mortales —dijo seriamente.

—Roger se encargará de eso —contestó Japp, haciendo una indicación a su subordinado—. Y a propósito, doctor, ¿tiene alguna idea de lo que podría haber aquí?

E indicó la púa descolorida, colocada en una cajita sobre la mesa.

El doctor movió la cabeza.

—Es difícil saberlo sin un análisis previo. El curare es un veneno que suelen emplear los indios de América del Sur, según creo.

—¿Puede haber sido utilizado en este caso?

—Es un veneno muy agudo y de efectos rápidos.

—Pero no de fácil obtención, ¿verdad?

—No mucho para un profano.

—Entonces tendremos que registrarle a usted con un cuidado extraordinario —dijo Japp, que se complacía siempre con sus salidas—. ¡Rogers!

El doctor y el guardia salieron juntos.

Japp echó hacia atrás la silla y miró inquisitivamente a Poirot.

—¡Extraño caso! Demasiado sensacional para ser verdadero. Quiero decir que eso de las cerbatanas y las flechas envenenadas en un avión repugna a la inteligencia.

—Amigo mío, ésa es una observación muy profunda —dijo Poirot.

—Una pareja está registrando el avión. Ahora vendrá un fotógrafo y un perito de impresiones digitales. Creo que tendríamos que ver a los camareros.

Se dirigió a la puerta y dio una orden. Los dos camareros entraron. El más joven había recobrado el equilibrio y sólo se mostraba muy excitado. El otro se presentó pálido y muerto de miedo.

—Hola, muchachos —dijo Japp—. Siéntense. ¿Tienen los pasaportes? Bien.

Los examinó rápidamente.

—¡Ah! Aquí tenemos. Marie Morisot. Pasaporte francés. ¿Sabe algo de ella?

—La conocía de vista. Cruzaba el Canal con frecuencia —dijo Mitchell.

—¡Ah! Por negocios seguramente. ¿Sabe usted qué clase de negocios?

Mitchell movió la cabeza. El otro camarero dijo:

—Yo también la recuerdo. La vi en el primer correo que sale a las ocho de París.

—¿Quién de ustedes la vio por última vez viva?

—Él —dijo el joven, indicando a su compañero.

—Es verdad —dijo Mitchell—. Cuando le serví el café.

—¿Qué aspecto presentaba entonces?

—No me fijé. Le serví el azúcar y le ofrecí leche, que rehusó.

—¿Qué hora era?

—No lo sé exactamente. Volábamos sobre el Canal. Serían poco más o menos las dos.

—Más o menos —dijo Albert Davis, el otro camarero.

—¿Cuándo la volvió a ver?

—Cuando pasé las notas.

—¿A qué hora?

—Un cuarto de hora más tarde. Pensé que dormía... ¡Córcholis! ¡Debía de estar muerta ya!

Y en la voz del camarero vibró su espanto.

—¿No vio usted alguna señal de esto? —preguntó Japp, indicando el dardo semejante a una avispa.

—No, señor, no me fijé.

—¿Y usted qué tiene que decir, Davis?

—La vi por última vez cuando le serví *biscuits* con queso. Estaba muy bien entonces.

—¿Qué sistema siguen para servir las mesas? —preguntó Poirot—. ¿Se encarga cada uno de ustedes de un departamento?

—No, señor, servimos juntos. La sopa, luego la carne y las verduras y ensaladas; después los dulces, y así. Generalmente servimos primero al departamento posterior y luego pasamos con nuevos platos al departamento delantero.

Poirot asintió con la cabeza.

—¿Habló la señora Morisot a alguien dentro del avión o dio alguna muestra de reconocer a alguien? —preguntó Japp.

—No lo vi.

—¿Y usted, Davis?

—No, señor.

—¿Dejó ella su asiento durante el viaje?

—No lo creo, señor.

—¿Ninguno de ustedes puede decir algo que arroje alguna luz sobre este caso?

Los dos hombres se quedaron pensando y acabaron moviendo la cabeza.

—Bien, es suficiente por ahora. Más tarde volveremos a vernos.

Henry Mitchell dijo lacónicamente:

—Es un caso muy fastidioso, señor. No me gusta nada, teniendo presente que yo era el encargado.

—Bien, no creo que sea usted culpable de nada —dijo Japp—. Pero le concedo que es un asunto enojoso.

E hizo un ademán de despedida. Poirot se movió hacia delante.

—Permítame una pregunta.

—Hable usted, monsieur Poirot.

—¿Vieron ustedes volar alguna avispa en el avión?

Los dos movieron la cabeza negativamente.

—Que yo sepa, no había ninguna avispa en el avión —dijo Mitchell.

—Había una avispa —aseguró Poirot—. La vimos muerta en uno de los platos de los viajeros.

—Pues yo no la vi, señor —dijo Mitchell.

—Yo tampoco —corroboró Davis.

—No importa.

Ambos camareros salieron del despacho. Japp examinó los pasaportes.

—Veo que viajaba también una condesa —dijo—. Debe de ser esa señora que se ha mostrado tan impaciente. Será mejor que la despachemos la primera antes de que se valga del título para quejarse a la Dirección de los brutales métodos que usa la policía.

—Supongo que querrá usted registrar cuidadosamente el equipaje y las maletas de mano de los pasajeros del departamento posterior del aeroplano.

Japp pestañeó cómicamente.

—¿Pues qué se ha creído, monsieur Poirot? ¡Debemos encontrar esa cerbatana, si es que de verdad existe y no estamos soñando! A mí todo esto me parece una pesadilla. ¿No habrá perdido la chaveta ese escritor y llevado a la realidad sus crímenes en vez de limitarse a escribirlos en el papel? Eso de la flecha envenenada parece cosa de él.

Poirot movió la cabeza manifestando duda.

—Sí —continuó Japp—, todo el mundo deberá ser registrado aunque se molesten. Tendremos que revisar todos los maletines y bolsos de mano, desde luego.

—Podría hacerse una relación minuciosa —propuso Poirot—, una relación de todos los objetos que se hallen en poder de cada uno.

Japp le dirigió una mirada curiosa.

—Podemos hacer eso, ya que usted lo sugiere, monsieur Poirot. No acabo de ver adónde va usted a parar. Ya sabemos lo que buscamos.

—Usted tal vez lo sepa, *mon ami*, aunque yo no estoy tan seguro. Busco algo, pero no sé qué.

—¡Y vuelta otra vez, monsieur Poirot! Siempre le ha gustado complicar las cosas. Vamos a ver qué dice esa dama antes de que se disponga a sacarme los ojos.

Sin embargo lady Horbury dio muestras de una calma inesperada. Aceptó una silla y contestó a las preguntas de Japp sin la menor vacilación. Se presentó como la esposa del conde de Horbury y dio sus señas en Horbury Chase, Sussex, y en Grosvenor Square, 315, Londres. Volvía a Londres de Le Pinet y París. La muerta le era totalmente desconocida. Durante el viaje no había visto nada notable. En todo caso, ella estaba de espaldas, mirando hacia la parte frontal del aparato, de modo que no pudo ver nada de lo que pasó detrás. No recordaba haber visto entrar a nadie en el departamento, sólo a los camareros. No podía asegurarlo, pero creía que dos pasajeros se habían levantado para ir al lavabo. No estaba del todo segura. No observó que nadie llevase nada parecido a un soplete.

31

—No —dijo contestando a Poirot—, no he visto ninguna avispa en el avión.

La declaración de miss Kerr fue muy semejante a la de su amiga. Se llamaba Venetia Ana Kerr y vivía en Little Paddocks, de Horbury, Sussex. Regresaba del sur de Francia. No recordaba haber visto nunca a la interfecta ni había notado nada durante el viaje. Sí, vio a unos señores de la parte trasera del departamento espantando una avispa. Creía que uno de ellos la mató. Esto fue después de servido el almuerzo.

Miss Kerr salió.

—Parece que le interesa a usted mucho esa avispa, monsieur Poirot.

—¿No es tan interesante como sugestiva?

—Si me lo pregunta —dijo Japp, cambiando de tema—, ¡esos dos franceses son los más complicados en esto! Eran los más próximos a la señora Morisot. Parecen unos descamisados y la gastada maleta que llevan está repleta de etiquetas extranjeras. No me sorprendería que hubiesen estado en Borneo o en América del Sur. No podemos deducirlo con seguridad, ya nos lo dirán desde París. Tendremos que pedir la colaboración de la Sûreté. Este asunto es más de ellos que nuestro. Pero si quiere usted mi opinión, esos dos pájaros son de cuidado.

Poirot pestañeó.

—Eso que usted dice es posible, pero se equivoca en ciertos puntos de vista, amigo. Esos señores no son rufianes ni asesinos, como usted quiere dar a entender. Son, por el contrario, dos arqueólogos muy distinguidos y muy doctos, precisamente.

—Siga..., me está desorientando.

—No tanto. Los conozco muy bien de vista. Son los señores Armand Dupont y- su hijo Jean, que han vuelto hace poco de dirigir unas importantes excavaciones en Persia, en un lugar no lejos de Susa.

—¡Siga, siga!

Japp revisó un pasaporte.

—Tiene usted razón, monsieur Poirot —dijo—. Pero convendrá usted en que no parecen personas de importancia.

—Pocas veces lo parecen los hombres más célebres de este mundo. ¡A mí mismo..., *moi qui vous parle...*, me han tomado por un peluquero!

—No diga usted eso —reprochó Japp con una mueca—. Bueno, veamos a esos distinguidos arqueólogos.

El señor Dupont padre declaró que la muerta le era del todo desconocida. No se había fijado en nada de lo que pasó durante el viaje porque estaba discutiendo con su hijo sobre un tema apasionante. No se movió para nada de su asiento. Sí, cuando acababan de almorzar la avispa los importunó. Su hijo la mató.

Jean Dupont confirmó esta declaración. No observó nada de lo que pasó en el avión. Le molestaba la avispa y la mató. ¿Que cuál fue el objeto de la discusión? La cerámica de Asia occidental.

Míster Clancy, que entró después, pasó un mal rato. Según el inspector Japp, éste sabía demasiado sobre cerbatanas y flechas envenenadas.

—¿Nunca ha tenido usted una cerbatana?

—Bien..., yo..., bueno, sí, no tengo por qué negarlo.

—¡Claro que no! —advirtió el inspector, recalcando las palabras.

Míster Clancy dio muestras de una ligera agitación.

—No se figure usted..., sentiría que se equivocase. No la adquirí para nada malo. Puedo explicar...

—Sí, señor, tal vez será mejor que me lo explique ampliamente.

—Pues mire usted: estaba escribiendo una novela en que se cometía un crimen por un procedimiento...

—Comprendido.

De nuevo la entonación de amenaza hizo que míster Clancy se atropellase.

—Todo era cuestión de impresiones digitales. Supongo que me entiende. Hacía falta una ilustración que pusiera en claro este punto. Quiero decir las huellas, la posición de éstas, tal como quedaron en la cerbatana. Ya me comprenderá usted. Vi uno de esos objetos... en la carretera de Charing Cross fue..., ya hace de eso dos años... Compré, pues, la cerbatana y un artista amigo mío me la dibujó... con las impresiones digitales... para ilustrar mi punto de vista. Puedo remitirme a mi libro *La Clave del Pétalo Escarlata* y también a mi amigo.

—¿Guarda usted la cerbatana?

—Sí, sí, creo que la guardé.

—¿Dónde la tiene?

—Supongo..., debo de tenerla en casa, en alguna parte.

—¿Qué quiere decir usted con eso de *en alguna parte*?

—Que no sé a ciencia cierta dónde estará. No soy muy ordenado.

—¿No la llevará usted encima por casualidad?

—No, de eso estoy seguro. Hace más de seis meses que no he visto ese objeto.

El inspector Japp le dirigió una mirada de sospecha y siguió preguntando:

—¿Dejó su asiento en el avión?

—No, seguro que no..., al menos... Bien, sí que lo dejé.

—¡Ah! ¿Sí? ¿Adónde fue?

—A buscar una guía de ferrocarriles que tenía en el bolsillo de mi chubasquero. El chubasquero estaba entre un montón de maletas y mantas, en el fondo del departamento.

—¿Así pasaría usted junto a la interfecta?

—No..., al menos... Bueno, sí, debí de pasar. Pero sería mucho antes que sucediese eso. Sólo había comido la sopa.

El resto de las preguntas obtuvo contestaciones negativas. Míster Clancy no había visto nada sospechoso, ocupado en perfeccionar una coartada a través de Europa.

—Una coartada, ¿eh? —dijo el inspector, con aspecto sombrío.

Poirot intervino con una pregunta sobre la avispa.

—Sí, míster Clancy vio una avispa que le atacó. Le daban mucho miedo las avispas. ¿Cuándo? Poco después de haberle servido el camarero el café. La espantó y el insecto se alejó.

Se tomaron las señas de míster Clancy y se le permitió marcharse, lo que hizo expresando en su rostro un gran alivio.

—Me escama un poco —dijo Japp—. Posee un objeto de ésos y habla de una manera entrecortada.

—Eso se debe a la severidad oficial de su entonación, mi buen Japp.

—Nadie ha de temer nada si dice la verdad —sentenció el hombre de Scotland Yard sombríamente.

Poirot lo contempló con lástima.

—Me parece que usted mismo se cree eso sinceramente.

—¿Por qué no habría de creerlo si es verdad? Vamos a ver qué nos dice Norman Gale.

Norman Gale dio sus señas de la avenida Shepherd, número 14, Huswell Hill. Era dentista de profesión. Volvía de unas vacaciones en Le Pinet, en la costa de Francia, y había pasado un día en París examinando nuevos tipos de instrumentos dentales.

Nunca había visto a la muerta, ni notó nada sospechoso durante el viaje. En cualquier caso, iba de espaldas al departamento. Durante el viaje, dejó un momento el asiento para ir al lavabo. Volvió enseguida a su puesto y no fue para nada a la parte trasera del avión. No vio ninguna avispa.

Después de él declaró James Ryder, un poco desazonado y brusco. Regresaba de una visita de negocios en París.

No conocía a la difunta. Sí, ocupó el asiento inmediato delantero al de ella, pero no podía verla sin levantarse y volver la cabeza. Nadie había pasado por su lado más que los camareros. Sí, los dos franceses ocupaban los asientos correspondientes al suyo, en la otra parte del pasillo. Estuvieron hablando durante todo el viaje. El más joven mató una avispa al acabar de comer. No, no se había fijado antes en el insecto. No tenía idea de lo que era una cerbatana. Nunca había visto aquel instrumento y, por consiguiente, no podía asegurar haberlo visto durante el viaje.

En aquel punto de la declaración llamaron a la puerta. Un guardia entró en actitud de triunfo.

—El sargento acaba de encontrar esto, señor —dijo—. Cree que le gustará verlo enseguida.

Dejó el objeto sobre la mesa y lo desenvolvió con cuidado del pañuelo en que estaba envuelto.

—Según dice el sargento no hay huellas digitales, señor. Me ha encomendado que tuviera cuidado.

El objeto destapado resultó ser indudablemente una cerbatana de manufactura indígena.

Japp lanzó un fuerte suspiro.

—¡Dios mío! ¿Entonces será de verdad? ¡A fe que no lo creía!

Míster Ryder alargó el cuello para ver aquello.

—¿Esto es lo que usan los naturales de América del Sur? He leído algo acerca de esto, pero nunca lo había visto. Bueno, ahora puedo contestar a su pregunta. Nunca he visto a nadie manejando un objeto semejante.

—¿Dónde lo han encontrado? —preguntó Japp con vivo interés.

—Escondido bajo uno de los asientos, señor.

—¿Qué asiento?

—El número 9.

—Muy curioso —dijo Poirot.

Japp se volvió hacia él.

—¿Qué es lo que le parece tan curioso?

—Nada, que el número 9 era mi asiento, precisamente.

—¡Hombre, qué casualidad que sea el suyo! —comentó míster Ryder.

Japp frunció el ceño.

—Gracias, míster Ryder, puede marcharse.

Cuando Ryder hubo desaparecido, el policía se volvió a Poirot con una mueca.

—¿Conque es usted el pájaro?

—*Mon ami* —contestó Poirot con toda dignidad—, cuando cometa un asesinato no lo haré con una flecha envenenada de los indios de América del Sur.

—Eso es lo que me desconcierta.

—Cualquiera que haya sido se ha arriesgado muchísimo. ¡Por favor! Sin duda se trata de un loco de remate. ¿A quién nos falta preguntar?

—Sólo queda una muchacha. Oigámosla y acabemos de una vez. Jane Grey... Parece el título de una novela.

—Es una joven muy bonita —dijo Poirot, resuelto.

—¿De veras, viejo verde? Veo que no ha estado usted durmiendo todo el tiempo, ¿no es así?

—Es bonita y estaba nerviosa.

—Nerviosa, ¿eh? —repitió Japp en tono de alerta.

—¡Por Dios, amigo! Cuando una muchacha está nerviosa significa que hay cerca un joven, no un crimen.

—Bueno, bueno, supongo que tiene usted razón. Aquí está.

Jane contestó a las preguntas que se le hicieron con bastante claridad. Se llamaba Jane Grey y estaba empleada en el salón de peluquería para señoras de Monsieur Antoine, en la calle Bruton. Su domicilio estaba en la calle Harrogate, N. W. 5. Volvía a Londres de Le Pinet.

—¡Le Pinet, hum!

Otras preguntas le llevaron a contar la historia del billete de carreras.

—Esas carreras de Irlanda debieran declararse ilegales —gruñó Japp.

—Yo creo que son admisibles —dijo Jane—. ¿No ha apostado usted nunca media corona a un caballo?

Japp enrojeció, muy confuso.

Siguió el interrogatorio. Jane negó haber visto durante el viaje el canuto que le enseñaron. No conocía a la muerta, pero se había fijado en ella al subir al avión en Le Bourget.

—¿Por qué se fijó en ella?

—Porque era horrorosamente fea —dijo Jane con toda sinceridad.

Como no le sacaron nada que valiese la pena la dejaron marchar.

Japp se entretuvo examinando la cerbatana concienzudamente.

—Esto me agota —profirió—. Es la novela detectivesca más intrincada llevada a la realidad. ¿A quién hemos de buscar ahora? ¿A un viajero que venga de donde procede este objeto? ¿Y de dónde procede? Hace falta el dictamen de un experto. Lo mismo puede ser malayo que sudamericano.

—Si buscamos su punto de origen tiene usted razón —indicó Poirot—. Pero si lo examina usted bien, amigo, verá un pedacito de papel casi microscópico adherido al canuto. A mí me parece el vestigio de una etiqueta. Me figuro que este objeto habrá llegado por el camino de las selvas a una tienda de coleccionista de objetos raros. Tal vez este detalle facilite nuestras investigaciones. Permítame una sola pregunta.

—Dígame.

—¿Piensa usted hacer esa relación detallada de los objetos pertenecientes a cada pasajero?

—Ya no lo considero tan necesario, pero puede hacerse de todos modos. ¿Tiene usted mucho interés en conseguirla?

—*Mais oui.* Estoy muy interesado en este enigma. Si hallase algo que viniera en mi ayuda...

Japp no escuchaba. Estaba examinando el papel adherido a la cerbatana.

—Clancy ha confesado que compró una cerbatana. Esos autores de historias detectivescas..., siempre tratando de inútil a la policía, haciéndola fracasar en sus procedimientos. Si yo les dijese a mis superiores lo que ellos les hacen decir me vería expulsado inmediatamente del Cuerpo, sin contemplaciones. ¡Esos escritores son unos ignorantes! Y éste es uno de esos asesinatos estúpidos que se inventan esos chupatintas, creyendo que serían capaces de burlar a la policía.

Capítulo 4
La investigación judicial

La investigación judicial del caso Marie Morisot se efectuó cuatro días después. Lo singular de su muerte despertó el interés del público y la sala del tribunal se llenó de gente de todas clases.

En primer lugar, se llamó a un francés alto y viejo, de barba gris, el *maître* Alexandre Thibault. Habló en inglés, despacio y concreto, demostrando dominar bien el idioma.

Después de las preguntas de rigor, el juez de instrucción le preguntó:

—Ya ha visto usted el cadáver de la víctima. ¿Lo ha reconocido?

—Sí, señor. Es el de mi cliente, Marie Angélique Morisot.

—Ése es el nombre del pasaporte de la difunta. ¿Se le conocía con algún otro nombre?

—Sí, señor, con el de madame Giselle.

Se produjo un rumor sordo en el auditorio. Los periodistas tomaban notas con los lápices afilados. El juez de instrucción dijo:

—¿Puede usted decirnos con mayor precisión quién era esa madame Morisot... o madame Giselle?

—Madame Giselle, por llamarla con el nombre que usaba en el mundo de los negocios, era una de las más conocidas prestamistas de París.

—¿Desde dónde dirigía sus negocios?

—Desde la calle Joliette, número 3, que era también su domicilio.

—Creo que hacía frecuentes viajes a Inglaterra. ¿Extendía hasta este país sus negocios?

—Sí, señor. Tenía muchos clientes ingleses. Era muy conocida entre cierto sector de la sociedad inglesa.

—¿Cómo definiría usted con exactitud ese sector de la sociedad?

—Su clientela estaba compuesta en su mayor parte de aristócratas y profesionales a quienes les interesaba que sus asuntos se trataran con la mayor discreción.

—¿Tenía fama de ser discreta?

—Extremadamente discreta.

—¿Me permite preguntarle si tenía usted un grado cercano de conocimiento de... las transacciones en que consistían sus negocios?

—No... Mis asuntos con ella eran puramente legales, aunque madame Giselle era una mujer de negocios de primera clase, capaz de atender por sí sola a sus asuntos con la mayor competencia. Todo lo dirigía ella personalmente. Si se me permite, diré que era una mujer de carácter muy original y una figura pública muy conocida.

—¿Sabe usted si era rica cuando ocurrió su muerte?

—Extraordinariamente rica.

—¿Sabe si tenía enemigos?

—Que yo sepa, no.

El *maître* Thibault fue a sentarse y se llamó a Henry Mitchell.

—¿Se llama usted Henry Mitchell y reside en Wadsworth, Shoeblagh, 11?

—Sí, señor.

—¿Está usted empleado en la Universal Airlines Ltd.?

—Sí, señor.

—¿Es usted el más antiguo de los camareros del correo aéreo *Prometheus*?

—Sí, señor.

—El último martes, día 18, estaba usted de servicio en el *Prometheus*, durante el viaje de mediodía, de París a Croydon. La víctima hizo aquel viaje. ¿Había visto usted antes a la difunta?

—Sí, señor. Seis meses antes estaba en el servicio de las 8.45, y entonces la vi viajar dos o tres veces.

—¿La conocía usted por su nombre?

—Debía de tenerla en la lista, señor, pero a decir verdad no me fijé de un modo especial.

—¿Ha oído usted alguna vez el nombre de madame Giselle?

—No, señor.

—Haga el favor de decirnos lo que ocurrió durante el viaje del martes.

—Después de servir el almuerzo pasé de mesa en mesa con la nota. Creí que la difunta estaba durmiendo y decidí no despertarla hasta que estuviésemos a punto de llegar; pero entonces descubrí que había muerto o que estaba gravemente enferma. Supe que llevábamos a bordo a un médico, y él me dijo...

—Enseguida declarará el doctor Bryant. Tenga la bondad de examinar esto.

Mitchell cogió con cierta repugnancia la cerbatana que se le acercaba.

—¿Había visto usted eso alguna vez?

—No, señor.

—¿Está seguro de no haberlo visto en manos de algún pasajero?

—Seguro.

—Albert Davis.

El más joven de los camareros se acercó al estrado.

—¿Es usted Albert Davis, con domicilio en Croydon, calle Barcame, 23, y está empleado en la Universal Airlines, Ltd.?

—Sí, señor.

—¿Estaba usted el último martes de servicio en el *Prometheus* como segundo camarero?

—Sí, señor.

—¿Cómo se enteró usted de la tragedia?

—Míster Mitchell me explicó sus temores de que algo le había pasado a uno de los viajeros.

—¿Había visto usted eso?

La cerbatana pasó a manos de Davis.

—No, señor.

—¿No la vio usted en manos de algún pasajero?

—No, señor.

—¿Observó usted algo que pueda arrojar alguna luz sobre este asunto?

—No, señor.

—Está bien, puede usted retirarse.

—Doctor Rogers Bryant.

El doctor Bryant dio su nombre y su dirección, y se presentó a sí mismo como especialista en enfermedades de la garganta y del oído.

—¿Puede usted decirnos cuanto recuerde de lo que sucedió durante el viaje del martes 18?

—Poco antes de llegar a Croydon se me acercó el camarero y me preguntó si era médico. Al contestarle afirmativamente, me dijo que una de las viajeras se había puesto enferma. Me levanté y fui a verla. La mujer en cuestión estaba tumbada en su asiento. Había muerto hacía algún tiempo.

—¿Cuánto tiempo en su opinión, doctor Bryant?

—Diría que media hora. Yo pondría entre media hora y un cuarto de hora.

—¿Vio usted un pequeño pinchazo en el cuello?

—Sí, señor.

—¿Hizo usted alguna conjetura sobre la causa de su muerte?

—No. Me hubiera sido imposible sin un examen detenido.

—Gracias. Doctor James Whistler.

El doctor Whistler era un hombre flacucho y menudo.

—¿Es usted el médico forense de este distrito?

—Sí, señor.

—¿Tiene la bondad de declarar lo que considere conveniente?

—El martes, día 18, poco después de las tres, me llamaron del aeródromo de Croydon, donde me enseñaron el cadáver de una mujer de mediana edad hallado en uno de los asientos del correo *Prometheus*. Su muerte había ocurrido, según mis cálculos, una hora antes, aproximadamente. Observé que tenía una punzada a un lado del cuello, en la yugular. Aquella señal podía haber sido causada por el aguijón de una avispa o por la incisión de una púa que me mostraron. Se trasladó el cadáver al depósito, donde lo examiné.

—¿Qué conclusión sacó usted?

—Llegué a la conclusión de que la muerte se debió a la introducción de una violenta toxina en la sangre. La muerte se produjo por parálisis aguda del corazón, y debió de ser prácticamente instantánea.

—¿Puede decirnos qué clase de toxina era?

—Una toxina que hasta entonces me era desconocida.

Los periodistas, que escuchaban atentamente, apuntaron: «Veneno desconocido».

—Gracias... Míster Winterspoon.

Míster Winterspoon era un hombre alto, con una expresión de bondad asustadiza. Parecía un buen hombre, aunque algo atorado. Causó inesperada sorpresa saber que era el director del laboratorio oficial de análisis y una autoridad en venenos raros.

El juez de instrucción le alargó la púa fatal y le preguntó si la reconocía.

—Sí —contestó míster Winterspoon—. Me la mandaron para el análisis.

—¿Quiere decirnos el resultado de dicho análisis?

—Con mucho gusto. En mi opinión, la punta fue untada hace tiempo en una preparación de curare indígena. Es una flecha emponzoñada que usan algunas tribus.

Los chicos de la prensa escribían con afán.

—¿Cree usted, pues, que la muerte se produjo por el curare?

—¡Oh, no! No quedaba más que un vestigio insignificante del veneno de origen. Según mi análisis, la punta estaba impregnada de veneno de la *Dispholidus typus*, conocida vulgarmente como *boomslang* o serpiente del árbol.

—¿*Boomslang*? ¿Qué es esto?

—Una serpiente de América del Sur, una de las más venenosas que existen. Sus efectos en las personas no nos son conocidos, pero si queremos tener una idea de su intensa virulencia bastará con decir que al inyectar el veneno en una hiena ésta muere antes de que se pueda retirar la aguja. Un chacal muere como si fuera de un tiro. El veneno produce hemorragia aguda bajo la piel y también ataca el corazón, paralizando su marcha.

Los periodistas escribieron: «Un crimen sensacional. Veneno de serpiente en el aire. Más rápido que el de la cobra».

—¿Sabe usted si se ha usado ese veneno en algún otro caso de envenenamiento intencionado?

—Nunca. Eso es lo más interesante.

—Gracias, míster Winterspoon.

El sargento de policía, Wilson, declaró sobre el hallazgo de la cerbatana bajo un asiento. No había huellas digitales. Se habían realizado experimentos con la flecha y el instrumento, resultando que la primera podía arrojarse con eficacia a una distancia de diez yardas.

—Monsieur Hércules Poirot.

Se produjo una ligera agitación de interés, pero la declaración de monsieur Poirot fue muy escueta. No había observado nada extraordinario. Él fue quien encontró la diminuta flecha en el suelo del aeroplano. El lugar en que estaba indicaba que pudo desprenderse por sí misma del cuello de la mujer muerta.

—La condesa de Horbury.

Los periodistas escribieron: «La esposa de un grande de Inglaterra presta declaración en el Místerioso Crimen del Aire». Algunos apuntaron: «... en el místerio del veneno de serpiente».

Los que escribían para periódicos femeninos relataron: «Lady Horbury llevaba uno de esos sombreritos de estudiante que se han puesto de moda», o «Lady Horbury, una de las más elegantes damas de nuestra ciudad, vestía de negro con uno de esos sombreritos de colegial», o «Lady Horbury, que antes de casarse era miss Cicely Brand, vestía lujosamente de negro con uno de los nuevos sombreros...».

Todos hacían resaltar la elegancia y hermosura de la joven dama, cuya declaración fue de las más breves. No había observado nada y nunca había visto antes a la muerta.

Venetia Kerr, que declaró después, no añadió nada al sumario. Los infatigables proveedores de noticias para señoras escribieron que «la hija de lord Cottesmore llevaba una chaqueta de magnífico corte y una falda de última moda». Y encima la frase: «Damas de la buena sociedad prestan declaración».

—James Ryder.

—¿Es usted James Ryder y vive en la avenida Blainbery, 1?

—Sí, señor.

—¿Cuál es su negocio o profesión?

—Soy director gerente de Ellis Vale Cement Co.

—¿Tiene la bondad de examinar esta cerbatana? ¿La había visto antes?

—No.

—¿No vio usted este objeto en manos de alguien durante el viaje en el *Prometheus*?

—No.

—¿Ocupaba el número 4, delante de la víctima?

—¿Y qué si lo ocupaba?

—Haga el favor de no adoptar ese tono conmigo. Se sentaba usted en el número 4. Desde su lugar podía usted ver casi todo lo que pasaba en el compartimiento.

—No, señor. No podía ver a nadie desde mi asiento porque los respaldos son muy altos.

—Pero si alguien se levantó y se colocó en el pasillo en condiciones de poder disparar la cerbatana contra la difunta, ¿lo hubiera visto usted?

—Ciertamente.

—¿Y no vio usted algo así?

—No.

—¿Vio usted levantarse del asiento a alguien de los que estaban delante de usted?

—Sí, uno que se sentaba dos filas por delante se levantó y fue al lavabo.

—¿Alejándose de usted y de la muerta?

—Sí.

—¿No fue para nada al extremo posterior del avión?

—No, volvió a su asiento directamente.

—¿Llevaba algo en la mano?

—Nada.

—¿Está seguro?

—Absolutamente.

—¿Nadie más se movió de su puesto?

—El individuo que estaba delante de mí. Pasó por mi lado y fue a la parte posterior del compartimiento.

—Protesto —gritó míster Clancy, levantándose del asiento que ocupaba—. Eso fue antes, a la una.

—Haga el favor de sentarse —dijo el juez de instrucción—. Luego podrá hablar. Siga usted, míster Ryder. ¿Notó si ese caballero llevaba algo en la mano?

—Creo que llevaba una estilográfica. Cuando volvió llevaba en la mano un libro naranja.

—¿Es la única persona que cruzó el avión en su dirección? ¿También usted se levantó?

—Sí; fui al lavabo, y tampoco llevaba en mi mano ninguna cerbatana.

—Adopta usted un tono altivo muy impropio. Siéntese.

Míster Norman Gale, dentista, prestó declaración en sentido negativo. Luego se acercó al estrado el indignado míster Clancy.

Míster Clancy era para los periodistas un personaje de menor cuantía, inferior en varios grados a un aristócrata.

«Un autor de relatos misteriosos presta declaración. El célebre escritor confiesa la compra del arma mortal. Sensación en el tribunal.»

Pero lo de la sensación acaso era un poco prematuro.

—Sí, señor —dijo míster Clancy chillonamente—. Compré una cerbatana, y es más: la he traído hoy aquí. Protesto con toda mi alma contra la suposición de que la cerbatana con que se cometió el crimen sea la mía. Aquí está la que yo compré.

Y mostró la cerbatana con aire de triunfo.

Los periodistas anotaron: «La segunda cerbatana en el tribunal».

El juez de instrucción se portó severamente con míster Clancy. Le dijo que estaba allí para ayudar a la justicia, y no para rebatir cargos imaginarios contra él. Luego le preguntó sobre lo ocurrido en el *Prometheus* durante el viaje, aunque con escaso resultado. Míster Clancy, según explicó con toda clase de pormenores innecesarios, había estado demasiado enfrascado en las peculiaridades del servicio de trenes extranjeros y las dificultades de las veinticuatro horas de tiempo como para fijarse en nada de lo que sucedió a su lado.

Aunque todo el avión hubiera sido envenenado mediante proyectiles arrojados con cerbatana no se habría dado cuenta de lo que pasaba.

Miss Jane Grey, oficiala de peluquería, no alteró notablemente el ritmo de los lápices de los representantes de la prensa.

Siguieron los dos franceses.

Armand Dupont declaró que hacía el viaje a Londres para dar una conferencia en la Royal Asiatic Society. Él y su hijo estaban muy interesados en una discusión técnica y se había fijado muy poco en lo que pasaba a su alrededor. No supo de la presencia de la víctima hasta que atrajo su atención el revuelo general que produjo el descubrimiento de su muerte.

—¿Conocía de vista a madame Morisot o madame Giselle?

—No, monsieur, nunca la había visto.

—Pero al parecer ella era muy conocida en París, ¿verdad?

—Para mí, no. En todo caso, no he estado mucho en París estos días.

—Dicen que ha regresado usted no hace mucho de Oriente.

—Es verdad, monsieur..., de Persia.

—¿Usted y su hijo han viajado mucho por esos mundos de Dios?

—*Pardon!*

—¿Han viajado por países salvajes?

—Eso sí.

—¿Ha estado usted en alguna parte del mundo donde los indígenas usen armas emponzoñadas con veneno de serpiente?

Hizo falta que se lo tradujeran y, cuando entendió la pregunta, monsieur Dupont movió la cabeza enérgicamente.

—Nunca..., nunca me he encontrado con nada semejante.

Después le tocó el turno a su hijo, cuya declaración se ajustó a la de su padre. No había notado nada. Creyó posible que la muerte de la señora se debiera a una picada de avispa, porque él mismo se vio molestado por una, que logró matar.

Los Dupont eran los últimos testigos.

El juez de instrucción se aclaró la garganta y se dirigió al jurado.

Dijo que era el caso más sorprendente e increíble que se le había presentado desde que presidía aquel tribunal. Una mujer había muerto en el aire, en un espacio reducido y cerrado, y podía descartarse la idea del suicidio o accidente. No podía pensarse que el autor del crimen fuera una persona situada en el exterior del avión. El asesino, o la asesina, habían de ser necesariamente uno de los testigos que acababan de escuchar. No podían perder de vista aquel hecho, por terrible y horrendo que fuese. Una de las personas allí presentes había matado a la víctima.

El crimen era, por las circunstancias en que se había producido, de una audacia incomparable. En opinión de los diez testigos, o doce, contando a los camareros, el asesino se había llevado la cerbatana a los labios y lanzado la flecha a distancia, sin que nadie hubiera observado el hecho. Parecía francamente increíble, pero existía la prueba de la cerbatana, del dardo hallado en el suelo, de la señal dejada en el cuello de la muerta y del dictamen del médico, que mostraba que aquello, increíble o no, había sucedido.

A falta de pruebas para acusar a una persona determinada, sólo podía aconsejar al jurado que emitiese veredicto de culpabilidad contra una persona o personas desconocidas. Todos los presentes habían negado conocer a la víctima. A la policía le tocaba descubrir las ocultas relaciones entre los testigos y la víctima. Desconociéndose el motivo del crimen, sólo podía aconsejar el veredicto indicado.

Uno de los miembros del jurado, de cara cuadrada y ojos de sospecha, se adelantó, respirando fatigosamente.

—¿Se me permite una pregunta, señor?

—Diga.

—¿No ha dicho usted que la cerbatana se encontró bajo un asiento? ¿Quién se sentaba allí?

El juez de instrucción consultó sus notas. El sargento Wilson se acercó al miembro del jurado y le dijo:

—¡Ah, sí! El asiento de que se trata era el número 9, ocupado por monsieur Hércules Poirot. Monsieur Poirot es un detective privado muy conocido y respetable, que ha colaborado muchas veces con Scotland Yard.

El miembro del jurado volvió su mirada a Hércules Poirot y expresó la poca satisfacción que los bigotes de éste le producían.

—¡Extranjeros! —murmuró—. No hay que fiarse de los extranjeros, aunque vayan del brazo de la policía.

Y añadió en voz alta:

—¿No fue ese monsieur Poirot quien recogió la púa?

—Sí.

El jurado se retiró a deliberar. Al cabo de poco rato volvió y el presidente entregó un papel al juez de instrucción.

—¿Qué es eso? —murmuró éste frunciendo el ceño—. ¡Tonterías! No puedo aceptar este veredicto.

Al poco rato el presidente volvió con el veredicto enmendado:

«Dictaminamos que la víctima murió envenenada, no hallando pruebas suficientes que nos demuestren quién suministró el veneno».

Capítulo 5
Después de la investigación

Al salir de la audiencia, emitido el veredicto, Jane se encontró al lado de Norman Cale.

—Me gustaría saber qué decía aquel papel que el juez de instrucción no quiso a ningún precio —dijo él.

—Creo que puedo satisfacer su deseo —dijo una voz detrás de ellos.

La pareja se volvió para encontrarse con la mirada vivaracha de monsieur Hércules Poirot.

—Era un veredicto de culpabilidad de asesinato contra mí.

—¡Oh! Es posible... —exclamó Jane.

Poirot agitó la cabeza con satisfacción.

—*Mais oui.* Al salir he oído que un hombre decía a otro: «Ese extranjero..., fíjese bien en lo que le digo... ¡Es el autor del crimen!». Los del jurado piensan lo mismo.

Jane no sabía si lamentarlo o echarse a reír. Se decidió por lo último, y Poirot se rio también, por simpatía.

—Pero ya comprenderán —dijo— que he de ponerme a trabajar sin perder tiempo para probar mi inocencia.

Y se despidió con una inclinación y una sonrisa.

Jane y Norman se quedaron contemplando al extraño hombrecillo que se alejaba.

—¡Qué tipo tan estrafalario! —comentó Gale—. Parece un pordiosero y se presenta como detective. No sé qué puede descubrir un hombre así. Cualquier delincuente lo conocerá a una milla de distancia. No comprendo cómo puede disfrazarse.

—¿No tiene usted una idea muy anticuada de los detectives? —preguntó Jane—. Las pelucas y barbas postizas ya no están de moda. Hoy día los detectives se sientan a la mesa y estudian los casos en su aspecto psicológico.

—Para eso, a mi modo de ver, no han de esforzarse mucho.

—Físicamente quizá no. Pero de todos modos necesitan serenidad e inteligencia.

—Claro. Un atolondrado de cabeza caliente no daría pie con bola.

Los dos rieron.

—Oiga —dijo Gale, enrojeciendo ligeramente y hablando de manera atropellada—. ¿Le disgustaría a usted..., quiero decir si sería usted tan amable..., es un poco tarde..., le gustaría venir a tomar un té conmigo? He pensado que, compañeros en la desgracia, podríamos también...

Se contuvo y se dijo: «¿Qué te pasa, necio? ¿No puedes invitar a una muchacha sin tartamudear ni enrojecer ni hablar como un patán? ¿Qué pensará de ti?».

La confusión de Gale tuvo la virtud de acentuar la serenidad y el dominio de Jane.

—Muchas gracias —contestó—. Me gustaría tomar ese té.

Entraron en un establecimiento y una camarera de modales desdeñosos recibió sus órdenes con un aire de duda, como si pensara: «Perdonen si salen decepcionados. Dicen que aquí se sirve té, pero nunca he visto nada que se le parezca».

El local estaba casi desierto, pero esa falta de clientela invitaba de un modo especial a la intimidad. Jane se quitó los guantes y dirigió una mirada a su compañero. Lo encontraba atractivo, con aquellos ojos azules y aquella sonrisa. Ella también era bonita, y lo sabía.

—¡Qué caso más raro el de ese crimen! —dijo Gale, sintiendo prisa por entablar conversación. Todavía no se había librado de un ridículo sentimiento embarazoso.

—No me lo diga, que me tiene preocupada desde el punto de vista de mi empleo. No sé cómo se lo tomarán.

—Es verdad. No había pensado en eso.

—No creo que Antoine se avenga a conservar a una empleada complicada en el sumario, que además tiene que prestar declaración y todo lo demás.

—La gente es muy rara —dijo Norman Gale, pensativamente—. La vida es... tan falsa... Un asunto como éste en que, después de todo, usted no tiene ninguna culpa... —Y frunció el ceño indignado—. ¡Es detestable!

—Bueno, aún no ha pasado nada —le recordó Jane—. ¿Por qué inquietarse por algo que no ha pasado? Después de todo, habría un fundamento para ello..., ¡podría ser yo la que mató a esa mujer! Y a quien mata a una persona se le supone capaz de matar a otras, y a nadie le gustaría confiar su cabellera a una persona sospechosa.

—Basta con mirarla para saber que es usted incapaz de matar a nadie —dijo Norman, mirándola unos instantes muy serio.

—No estoy yo tan segura sobre eso —dijo Jane—. A veces, de buena gana mataría a alguna de mis clientas si supiera que no me iban a descubrir. Especialmente a una que tiene una voz de loro y regaña por todo. En ocasiones pienso que matarla sería una buena acción, y no un crimen. Ya ve usted como soy, mentalmente una criminal.

—Bien, pero no cometió usted ese crimen —dijo Gale—. Lo juraría.

—Yo también juraría que no lo cometió usted —dijo Jane—. Pero de nada le serviría que yo lo jurase, si sus pacientes se lo atribuyeran.

—Mis pacientes, sí... —Gale estaba muy pensativo—. Tiene usted razón. No había pensado en eso. Un dentista con inclinaciones homicidas..., realmente, no es una perspectiva muy optimista.

Y añadió, obedeciendo a un súbito impulso:

—¿No le disgusta a usted saber que de profesión soy dentista?

Jane levantó las cejas.

—¿Disgustarme a mí?

—Lo digo porque los dentistas tienen algo de cómico. No es una profesión romántica que digamos. A un médico todo el mundo le toma en serio.

—No se preocupe —dijo Jane—. Un dentista siempre estará más considerado que una auxiliar de peluquería.

Rieron los dos, y Gale observó:

—Me parece que vamos a ser buenos amigos. ¿Qué le parece?

—Por mí no ha de quedar.

—¿Querría usted cenar una noche conmigo y luego ir al teatro?

—Gracias.

Tras una pausa, Gale preguntó:

—¿Se divirtió usted mucho en Le Pinet?

—Mucho.

—¿Había estado antes allí?

—No, verá usted...

Y de una manera confidencial, Jane le contó la historia del viaje.

Un joven de traje oscuro que estaba remoloneando por allí hacía un rato interrumpió la conversación. Se les acercó y, descubriéndose, dirigió la palabra a Jane, en tono de duda:

—¿Miss Jane Grey?

—Sí.

—Soy representante del *Weekly Howl*, miss Grey. ¿Aceptaría usted el encargo de escribirnos un artículo sobre ese asesinato aéreo, desde el punto de vista de uno de los viajeros?

—Me parece que no, gracias.

—¡Oh! ¡Vamos, miss Grey! Se lo pagaremos estupendamente.

—¿Cuánto? —preguntó Jane.

—Cincuenta libras y... tal vez más. Pongamos sesenta.

—No —dijo ella—. No creo que me fuera posible. No sabría qué decir.

—Está bien —se apresuró a decir el joven—. No tiene usted necesidad de escribir el artículo. Uno de nuestros redactores vendrá a hacerle algunas preguntas y se lo escribirá todo. No tendrá usted que molestarse para nada.

—Es lo mismo —dijo Jane—. No me atrevo.

—¿Qué le parece cien libras? Mire, estoy dispuesto a darle cien y nos da usted una fotografía.

—Ya puede usted marcharse —intervino Norman Gale—. Miss Grey no quiere que se la moleste más.

—No, no me gusta la idea.

El joven se dirigió a él esperanzado.

—¿No es usted míster Gale? Oiga, míster Gale, ya que a miss Grey no acaba de gustarle la idea, ¿qué le parece a usted? Quinientas palabras y le ofrezco los mismos honorarios que a miss Grey. Es un trato excepcional, porque el relato del asesinato de una mujer por otra tiene más valor para los lectores. Es una verdadera ganga lo que le ofrezco.

—No lo acepto, en absoluto. No escribiré una palabra para usted.

—Aparte de los honorarios, será una buena publicidad para su despacho. Mejorará su carrera profesional. Todos sus clientes lo leerán.

—Eso es precisamente lo que más temo —dijo Norman Gale.

—Ya sabe que en estos tiempos no se puede hacer nada sin la publicidad.

—Es posible, pero todo depende de la clase de publicidad. Sólo me queda la esperanza de que algunos de mis pacientes no lean la prensa y, por tanto, ignoren que estoy implicado en un caso de asesinato. Ya le hemos contestado los dos. ¿Se marcha usted en paz o quiere que lo eche a la fuerza?

—Nada les he dicho que pueda molestarles —replicó el joven, sin turbarse por aquel trato violento—. Buenas tardes. Ya me telefonearán a la redacción si cambian de parecer. Aquí tienen mi tarjeta.

Y salió alegremente del establecimiento, pensando para sí: «No me ha ido del todo mal. Será una entrevista bastante decentita».

Y efectivamente, la siguiente edición del *Weekly Howl* dedicaba una columna a relatar el punto de vista de dos testigos sobre el místerioso crimen del aire. Miss Jane Grey declaraba que se sentía demasiado apenada para hablar del asunto. Había sido un golpe muy duro para ella y detestaba recordarlo. Míster Norman Gale se había extendido en consideraciones sobre el efecto que produciría en la carrera de un profesional hallarse implicado en un asunto criminal, a pesar de ser inocente. Míster Gale había expresado la esperanza de que algunos de sus clientes sólo leyesen la sección de moda y se sentaran en su silla de operaciones sin la menor sospecha.

Cuando el joven se hubo marchado, Jane dijo:

—¿Por qué no irá a buscar a personas de más importancia?

—Él sabrá lo que le conviene —dijo Gale, de mal talante—. Tal vez lo haya probado y le han mandado a paseo. Jane... ¿No le disgustará si la llamo Jane?... Jane, ¿quién cree usted que mató a esa mujer, a Giselle?

—No tengo ni la más remota idea.

—¿Ha pensado en eso? ¿En eso precisamente?

—No, a decir verdad en eso no he pensado; sólo me ha preocupado un poco la idea de hallarme mezclada en el asunto. Pero no se me ha ocurrido pensar seriamente que alguno de los que allí estábamos debió hacer aquello. Hasta hoy no me había pasado por la cabeza que uno de nosotros es el autor del crimen.

—Sí, el juez de instrucción lo expuso con toda claridad. Sé que no fui yo y sé que no fue usted, porque..., bueno, porque la estuve contemplando casi todo el tiempo que permanecimos en vuelo.

—Sí —dijo Jane—. Me consta que no fue usted por la misma razón. ¡Y desde luego sé que tampoco fui yo! De modo que debió de ser alguno de los otros, pero no sé quién. No tengo hasta ahora la menor idea. ¿La tiene usted?

—No.

Norman Gale parecía muy pensativo, como si se esforzase en llegar a una conclusión. Jane prosiguió:

—No sé cómo vamos a adivinarlo. Por mi parte no vi nada. ¿Notó usted algo?

—Nada en absoluto.

—Eso es lo más raro del caso. Me atrevería a jurar que usted no pudo ver nada, porque estaba de espaldas. Pero yo estaba de frente y hubiera podido ver...

Jane se detuvo, ruborizándose. Recordaba que sus ojos se habían mantenido fijos en una gabardina y que su cabeza, lejos de recoger las percepciones externas, se cerraba a todo lo que no tuviese relación con la persona que llevaba aquella dichosa gabardina.

Norman Gale pensaba:

«Me gustaría saber por qué se ruboriza así... Está encantadora... Voy a casarme con ella... Sí, me casaré... Pero no hay que correr demasiado. He de encontrar algún pretexto para verla con frecuencia. Este asunto criminal puede ayudarme, sin duda... Además, creo realmente que sería bueno hacer algo..., ese mequetrefe de reportero y su publicidad...».

Y dijo en voz alta:

—Pensemos ahora en eso. ¿Quién la mató? Tengamos presentes a todos los que allí estaban. ¿Los camareros?

—No —dijo Jane.

—Conforme. ¿Las señoras que estaban sentadas al lado opuesto al nuestro?

—No creo que una señora como lady Horbury haya matado a nadie. Y la otra, miss Kerr... ¡Bah! Es una provinciana. No es admisible que haya matado a una francesa. Nunca lo creería.

—Me parece que no se equivoca usted, Jane. Tenemos a ese hombre de los bigotes, al que, aunque según el jurado sea el más sospechoso, debemos descartar. ¿Y el doctor? Tampoco parece muy probable que tenga nada que ver.

—Si la hubiese querido matar, lo habría hecho sin dejar señales y nadie lo hubiera descubierto.

—Sí, bueno —dijo Norman, en tono de duda—. Esos venenos inodoros e insípidos que no dejan huellas son muy ventajosos, pero casi dudo de que existan. ¿Qué le parece el escritor que confesó poseer uno de esos canutos?

—Es bastante sospechoso. Pero me parece buena persona y no tenía ninguna necesidad de confesar que poseía ese objeto, de modo que no creo que fuese él.

—Así, nos queda Jameson... No... ¿cómo se llama?... ¿Ryder?

—Sí, ¿pudo ser él?

—¿Y los franceses?

—Eso es lo más probable. Han viajado por todo el mundo y tienen motivos para saber muchas cosas que nosotros desconocemos por completo. El más joven me parece una persona desdichada e inquieta.

—También usted estaría inquieta si hubiera cometido un crimen —dijo Norman Gale.

—No sé cómo vamos a llegar a una conclusión, desconociendo detalles sobre la mujer asesinada como qué enemigos tenía, quién heredará y todo lo demás.

—¿Cree usted que no? —preguntó ella, con bastante frialdad.

—No del todo —contestó Gale, y añadió lentamente, después de vacilar—: Presiento que nos sería de algún provecho...

Jane le dirigió una mirada interrogante.

—Un asesinato —dijo Normal Gale— no concierne sólo a la víctima y al autor. También afecta al inocente. Usted y yo somos inocentes, pero nos envuelve la sombra del crimen y no sabemos cómo afectará esta sombra a nuestra vida.

Jane era una muchacha dotada de sentido común, pero no pudo menos que estremecerse.

—No diga eso, que me da miedo.

—A mí también, la verdad —dijo Gale.

Capítulo 6

Una consulta

Hércules Poirot visitó a su amigo, el inspector Japp. Éste lo recibió con una sonrisa burlona.

—¡Hola, viejo amigo! Ha estado usted en un tris de dar con sus huesos en una celda.

—Temo que si llega a ocurrir algo así hubiera salido perjudicado profesionalmente.

—También los detectives resultan, a veces, criminales... en las novelas.

—Me complace presentarle a monsieur Fournier, de la Sûreté, que ha venido a colaborar con nosotros en este asunto.

—Creo que tuve el placer de conocerle hace años, monsieur Poirot —dijo monsieur Fournier, estrechándole la mano—. También me habló de usted monsieur Giraud.

A Poirot le pareció sorprender en los labios del agente francés una leve sonrisa, y se permitió replicar con una sonrisa discreta, imaginándose en qué términos le habría hablado Giraud, de quien él, a su vez, acostumbraba a hablar en términos desdeñosos.

—Propongo —dijo Poirot— que vengan a comer conmigo. Ya tengo invitado al *maître* Thibault. Es decir, si usted y el amigo Japp no tienen inconveniente en aceptar mi colaboración.

—Está bien, amigo —dijo Japp, dándole una palmada

en el hombro—. Ya estoy viendo que se ha lanzado usted a fondo en el asunto.

—Nos consideraremos muy honrados —murmuró el francés, por pura cortesía.

—Como acabo de decirle a una señorita encantadora, estoy ansiando que resplandezca mi inocencia.

—A aquel miembro del jurado su rostro le produjo mala impresión —observó Japp, enseñando otra vez los dientes—. Lo más curioso que he visto en mi vida.

Como si estuviesen de acuerdo, no se habló una palabra del asunto durante la excelente comida con que el belga obsequió a sus amigos.

—Después de todo, es posible comer bien en Inglaterra —comentó Fournier, mientras usaba con toda delicadeza el mondadientes.

—Una comida exquisita, monsieur Poirot —dijo Thibault.

—Un poco a la francesa, pero muy buena —convino Japp.

—La buena comida siempre ha de pesar poco en el estómago —dijo Poirot—. Si es demasiado fuerte paraliza el funcionamiento del cerebro.

—No puedo decir que me haya molestado nunca el estómago —advirtió Japp—. Pero no se lo discutiré. Prefiero que entremos a tratar del asunto que nos ha reunido. Y como monsieur Thibault ha de ausentarse pronto, yo propondría que empezásemos por escuchar todo lo que pueda decirnos que nos sea de utilidad.

—Estoy a sus órdenes, caballeros. Desde luego que aquí puedo hablar más libremente que ante el tribunal. Antes de empezar la investigación judicial tuve una conversación con el inspector Japp, quien me aconsejó una política de reticencia, y por eso contesté en términos generales.

—Perfectamente —dijo Japp—. No hay que gastar munición en salvas. Ahora puede decirnos todo lo que sepa de esa señora Giselle.

—A decir verdad, sé muy poco de ella. La conocía, como todo el mundo, porque es una mujer famosa. Personalmente, de su vida privada sé muy poco. Es probable que monsieur Fournier nos pueda decir más de lo que yo sé. Pero sí les puedo asegurar que madame Giselle era lo que por allí se llama un «carácter». Era singular. De sus antecedentes nada se sabe. Creo que en su juventud fue de muy buen ver y que la viruela acabó con su hermosura. Tengo la impresión de que fue una mujer de gran empuje. Era poderosa, una mujer extraordinariamente dotada para los negocios. Era uno de esos tipos de mujeres francesas que tiene bien asentada la cabeza sobre los hombros y no permiten que los sentimientos afecten para nada sus intereses; pero tenía fama de conducir sus negocios con escrupulosa honestidad e inmaculada honradez.

Se volvió a Fournier como esperando asentimiento y éste movió afirmativamente su oscura y melancólica cabeza.

—Sí —dijo—. Era honesta a su manera. Aunque la ley la habría llamado al orden si se hubieran presentado ciertas pruebas; pero eso... —se encogió de hombros con desaliento— es mucho pedir, corrompida como está la humanidad.

—¿Qué quiere decir?

—Chantaje.

—¿Practicaba el chantaje? —preguntó Japp, un tanto extrañado.

—Sí, un chantaje especial de su propia invención. Madame Giselle tenía la costumbre de prestar dinero mediante un sencillo pagaré. Era muy discreta en cuanto a la suma prestada y a los métodos de pago, pero puedo asegurarles que tenía su propio y eficaz sistema para hacerse pagar.

Poirot se inclinó hacia delante con interés.

—Como *maître* Thibault ha dicho, madame Giselle reclutaba su clientela entre la clase alta y la profesional. Éstas son especialmente vulnerables a la fuerza de la opinión pública.

Madame Giselle tenía montado un buen servicio de información... Antes de prestar el dinero, si se trataba de una cantidad importante, solía recoger cuantos datos le era posible sobre su cliente; y su sistema de información era extraordinario. Estoy de acuerdo con lo que ha dicho nuestro amigo: a su manera, madame Giselle era de una escrupulosa honestidad. Se portaba sinceramente con los que eran leales con ella. Creo sinceramente que no se sirvió de los secretos que poseía para obtener dinero de nadie, a no ser que el dinero se le debiese.

—Quiere usted decir que el conocimiento de esos secretos suponía una especie de garantía, ¿verdad? —observó Poirot.

—Exacto. Y cuando tenía que servirse de él lo hacía del todo sorda a cualquier sentimiento. Y he de decirles, señores, que su sistema era eficacísimo. Rara vez se vio obligada a renunciar al cobro de una deuda. Un caballero o una dama de posición elevada revolverían cielo y tierra antes de provocar un escándalo. Como ustedes ven, conocíamos sus actividades, pero de eso a perseguirla judicialmente... —Volvió a encogerse de hombros—. Es un asunto muy difícil. La naturaleza humana es así.

—Y en caso de tener que renunciar al cobro de alguna deuda, algo que, como usted ha insinuado, sucedió alguna vez, ¿qué hacía entonces? —preguntó Poirot.

—En tal caso —dijo Fournier—, se hacían públicos los informes que tenía o los mandaba a la persona interesada en el asunto.

Hubo un momento de silencio. Luego Poirot preguntó:

—¿Y eso no la beneficiaba económicamente?

—No —dijo Fournier—, al menos directamente.

—Sí, porque hacía que los demás pagasen, ¿no es eso? —intervino Japp.

—Eso mismo —confirmó Fournier—. Equivalía a lo que podríamos llamar un efecto moral.

—Un efecto inmoral, lo llamaría yo —dijo Japp. Y añadió, restregándose la nariz pensativamente—: Bien. Esto nos abre un camino muy amplio hacia los motivos del crimen. Ahora convendría saber quién entrará en posesión del dinero. ¿Puede usted ayudarnos en este particular? —preguntó, dirigiéndose a Thibault.

—Tenía una hija —dijo el abogado—, pero ésta no vivía con su madre. Casi me atrevería a afirmar que su madre no la veía desde que era muy niña. Sea como sea, hace muchos años hizo testamento dejándoselo todo, a excepción de un pequeño legado a favor de su doncella, a su hija Ana Morisot. No me consta que haya hecho otro.

—¿Y es grande su fortuna? —preguntó Poirot.

El abogado se encogió de hombros.

—A ojo, unos ocho o nueve millones de francos.

Poirot alargó los labios como silbando. Japp dijo:

—¡Caramba! No lo parecía. Veamos cuánto es al cambio... Debe de ascender a más de cien mil libras. ¡Madre mía!

—Mademoiselle Ana Morisot será una señorita muy rica —dijo Poirot.

—Suerte que no estaba en el avión —dijo Japp secamente—. Hubieran recaído sobre ella las sospechas de haber dado el pasaporte a su madre para heredar el dinero. ¿Qué edad debe de tener?

—No lo sé a ciencia cierta. Imagino que unos treinta y cuatro o treinta y cinco años.

—Bien, por ahora no parece que tenga la menor relación con el crimen. Tendremos que volver a estudiar el asunto desde el punto de vista de esos chantajes. Todos los viajeros niegan haber conocido a madame Giselle. Uno de ellos miente. Es cuestión de saber quién. Un examen de sus documentos personales puede darnos alguna luz. ¿No le parece, Fournier?

—Amigo —dijo el francés—, apenas nos llegó la noticia

y hube hablado con Scotland Yard por teléfono fui corriendo a su casa. Allí había una caja fuerte donde guardaba los papeles. Y todos los papeles se habían quemado.

—¿Quemado? Pero ¿por qué? ¿Por qué?

—Madame Giselle tenía una doncella de confianza, llamada Elise. Elise tenía instrucciones concretas para abrir la caja, cuya combinación conocía, y quemar todos los papeles que allí se guardaban en cuanto le sucediera algo a su señora.

—¡Cómo! ¡Pero eso es asombroso! —exclamó Japp.

—Comprenderá usted —dijo Fournier— que madame Giselle tenía su propia ley. Era leal con quienes se portaban lealmente con ella. Prometía a sus clientes que se portaría con ellos noblemente. Era despiadada, pero tenía palabra y la cumplía.

Japp dejó caer la cabeza pesadamente. Los cuatro permanecieron un rato en silencio, pensando en el carácter de aquella mujer extraordinaria.

El abogado Thibault se levantó.

—He de dejarlos, señores, tengo una conferencia. Si necesitan alguna otra información, ya saben ustedes dónde me tienen a su disposición.

Les estrechó la mano cortésmente y se marchó.

Capítulo 7

Probabilidades

Cuando se quedaron solos los tres, acercaron más las sillas a la mesa.

—Vamos a ver si ahora examinamos a fondo el asunto —dijo el inspector Japp, abriendo su estilográfica—. Había once pasajeros en el avión; en la parte de atrás, mejor dicho. La otra no se cuenta. Once pasajeros y dos camareros, que suman trece personas. Uno de los doce restantes mató a la mujer. Unos eran ingleses y otros franceses. Éstos se los confiaré a monsieur Fournier. De los ingleses me encargaré yo. Hay que hacer investigaciones en París y eso va también a su cuenta, Fournier.

—Y no sólo en París —advirtió éste—. Durante el verano, Giselle hacía grandes negocios en las playas de Francia. Deauville, Le Pinet, Wimereux. Y también frecuentaba el sur: Antibes, Niza y todos esos sitios.

—Bien observado —dijo Japp—. Recuerdo que uno de los viajeros del *Prometheus* mencionó Le Pinet. Bien, ya es una pista. A ver si nos es posible ahora localizar al asesino, si hay manera de demostrar a quién, por la situación en el departamento, le fue posible utilizar con éxito la cerbatana.

Desenrolló un croquis de la cabina del aeroplano y lo extendió sobre la mesa,

—Procedamos al trabajo de eliminar. Para empezar, examinaremos uno por uno a los viajeros para decidir las probabilidades y, lo que es todavía más importante, las posibilidades de cada uno.

—Podemos comenzar por eliminar a monsieur Poirot, Esto reducirá el número a once.

El belga movió la cabeza tristemente.

—Es usted muy confiado, amigo. No debe fiarse de nadie, de nadie.

—Bueno, lo dejaremos también, si usted quiere —convino Japp, de buen humor—. Además tenemos a los camareros, que me parecen muy poco sospechosos desde el punto de vista de las probabilidades. No es de suponer que hayan pedido prestadas grandes cantidades, y los dos tienen muy buena hoja de servicio, ambos son personas decentes y sobrias. Me sorprendería mucho que tuvieran nada que ver con esto. Por otra parte, desde el punto de vista de las posibilidades tenemos que incluirlos. Ellos cruzaban la cabina de un lado a otro y podían colocarse en una posición que les permitiera utilizar la cerbatana. Desde el ángulo derecho podrían hacerlo muy bien. Pero me niego a creer que un camarero pueda lanzar una flecha envenenada, con cerbatana, en una cabina llena de gente sin que nadie lo vea. Ya sé por experiencia que la mayoría de gente es cegata como un murciélago, pero no tanto. Claro que mi razonamiento se puede aplicar a todos los demás. Se necesita estar loco, loco de remate para cometer un crimen así. Apenas hay una probabilidad entre cien de no ser detenido en el acto. Quien hizo esto tuvo una suerte de mil diablos. De todos los procedimientos imbéciles para cometer un asesinato...

Poirot, que estaba escuchando con los ojos cerrados y fumaba tranquilamente, le interrumpió formulando una pregunta:

—¿Cree usted de veras que fue un procedimiento imbécil?

—Claro que sí. Fue una locura.

—Pero tuvo *éxito*. Aquí estamos los tres sentados hablando del crimen, *sin saber aún quién lo cometió*. ¡El éxito es innegable!

—Pura chiripa. El asesino se expuso a que lo vieran muchos ojos.

Poirot movió la cabeza con disgusto.

Fournier se volvió a mirarlo con curiosidad.

—¿Qué piensa usted, monsieur Poirot?

—*Mon ami* —dijo Poirot—, pienso que un asunto ha de juzgarse por sus resultados, y que éste se ha llevado a cabo con éxito.

—Y, no obstante —dijo el francés pensativamente—, parece un milagro.

—Milagro o no milagro, es real —afirmó Japp—. Tenemos la declaración médica, tenemos el arma; y si alguien me hubiera dicho semanas antes que investigaría un crimen consistente en el asesinato de una mujer con una flecha emponzoñada con veneno de serpiente me habría reído en sus narices. ¡Es un insulto! ¡Este asesinato es un verdadero insulto!

Estaba sofocado e indignado. Poirot sonrió.

—Tal vez el autor del crimen sea una persona dotada de un sentido del humor pervertido —notó Fournier pensativamente—. En estos casos es muy importante tener una idea de la psicología del criminal.

Japp sonrió al oír la palabra *psicología*, que le disgustaba y en la que no creía.

—Eso es lo que le gusta oír a monsieur Poirot —dijo.

—Me interesa mucho todo lo que ustedes dicen.

—¿No duda usted de que la matasen de esa forma? —preguntó Japp, que tenía sus sospechas—. Ya conocemos lo tortuoso de sus ideas.

—No, no, amigo. No me atormenta ninguna duda acerca del particular. La púa emponzoñada que yo recogí produjo la muerte. Eso es cierto. Con todo, hay algunos puntos en este dichoso caso...

Se calló, moviendo la cabeza con perplejidad.

Japp siguió diciendo:

—Volviendo a los camareros irlandeses, no podemos descartarlos en absoluto; pero me parece muy improbable que tengan nada que ver. ¿Está usted de acuerdo, Poirot?

—Recuerde lo que le he dicho. Ni a mí hay que descartarme... ¡Qué palabra, *mon Dieu*! ¡Ni a mí, ni a mí! ¡A nadie en absoluto!

—Como usted quiera. Veamos a los viajeros. Asiento número 16 —dijo, señalando el papel con la punta del lápiz—. Aquí estaba la muchacha peluquera. Jane Grey. Ganó una apuesta en las carreras irlandesas y se gastó la ganancia en Le Pinet. Tenemos pues que la joven es una jugadora. Pudo encontrarse en un apuro y pedir prestado a la vieja. No es probable que pidiera una cantidad importante, ni que Giselle obtuviese alguna garantía sobre ella. Me parece un pez muy pequeño para lo que estamos examinando. Y no creo que una empleada de peluquería tenga la más remota oportunidad de obtener veneno de serpiente. Eso no se usa para teñir el cabello ni lustrar el rostro de las damas elegantes.

—En cierto modo fue una equivocación usar veneno de serpiente, porque reduce el campo de la investigación. Sólo dos clases de personas, entre cien de ellas, ofrecen probabilidades de poseer conocimientos sobre estos venenos y de estar en condiciones de poder usarlos.

—Lo que nos aclara un punto del asunto —observó Poirot.

Fournier le dirigió una mirada interrogante, pero fue Japp quien siguió exponiendo su idea.

—En mi opinión —dijo—, el asesino pertenece a una de estas dos categorías: o es un hombre que ha viajado por regiones salvajes y ha adquirido conocimientos sobre las especies de serpientes más venenosas y las costumbres de las tribus indígenas que utilizan el veneno para matar a sus enemigos, y ésta es la categoría número uno.

—¿Y la otra?

—La científica. La del investigador. La *boomslang* es un elemento que entra en los experimentos de los grandes laboratorios. He hablado con Winterspoon acerca de esto. Parece que el veneno de serpiente, el de la cobra, para ser más preciso, se usa a veces en medicina. Tiene una aplicación bastante eficaz en el tratamiento de la epilepsia. La investigación científica ha hecho grandes adelantos contra los mordiscos de serpientes.

—Muy interesante y sugestivo —dijo Fournier.

—Sí, pero continuemos. Esa muchacha, Grey, no entra en ninguna de estas dos categorías. Respecto a élla, los motivos carecen de fundamento; y la oportunidad para adquirir el veneno es muy dudosa. Y aún ofrece más dudas la posibilidad de usar la cerbatana, casi es imposible. Miren.

Los tres se inclinaron sobre el plano.

—Aquí tenemos el asiento 16 —dijo Japp—. Y aquí está el 2. Entre la muchacha y Giselle se sentaba mucha gente. Si la joven no se movió de su puesto, como declaran todos, no pudo disparar la flecha de modo que hiriese a Giselle en el cuello. Me parece que podemos eliminarla sin reparos.

»Ahora el 12, que está enfrente. Aquí tenemos al dentista, Norman Gale. Casi se puede decir lo mismo de él. Un pez pequeño, aunque con más oportunidad para procurarse el veneno de serpiente.

—No entra en las inyecciones que dan los dentistas —murmuró Poirot—. En vez de curar, mataría.

—Un dentista ya tiene que bregar bastante con sus clientes —observó Japp, haciendo una mueca—. Pero aun así puede moverse dentro de círculos que le permitan algún negocio inconfesable con drogas. Puede tener un amigo investigador... Aunque por sus posibilidades está fuera de duda. Dejó su asiento en la dirección contraria, pero sólo para ir al lavabo. Al volver a su puesto no pudo pasar de este punto del pasillo, y para herir desde aquí a la vieja en el cuello la flecha tendría que haber volado formando un ángulo. Me parece que podemos eliminarlo.

—De acuerdo —dijo Fournier—. Adelante.

—Crucemos el pasillo. Número 17.

—Ahí me senté yo al entrar —dijo Poirot—. Se lo cedí a una de las señoras porque deseaba sentarse al lado de su amiga.

—La honorable Venetia. Bien, ¿qué diremos de ella? Es un pez gordo. Pudo obtener dinero prestado de Giselle. No parece que tenga secretos inconfesables, aunque pudo ceder a la tentación de jugar. Hemos de examinar su caso con un poco de atención. Pero por su posición no sería posible. Si Giselle hubiese vuelto la cabeza para mirar por la ventana, Venetia habría podido dispararle el tiro en sentido diagonal a través del avión. Acertar habría sido una verdadera chiripa. Incluso creo que no hubiera podido hacerlo sin levantarse. Está acostumbrada a disparar armas de caza, y aunque no es lo mismo disparar una flecha con cerbatana todo es cuestión de práctica y de tino, y probablemente tendrá amigos que hayan ido a cazar fieras por las selvas de Asia o de África. ¿Y por qué no puede haber adquirido así algunos objetos raros de los indígenas? ¡Pero qué disparatado parece todo esto! Carece de sentido.

—Realmente, no parece verosímil —dijo Fournier—. Hoy he observado en la audiencia a mademoiselle Kerr, y... ¡vaya! No veo la forma de relacionarla con el crimen.

—Asiento 13 —dijo Japp—. Lady Horbury. Es una señora que se las trae. Sé algo de ella que les diré. No me sorprendería que tuviese algunos pecadillos secretos.

—Me consta —dijo Fournier— que esa señora ha perdido en Le Pinet importantes sumas al bacarrá.

—Hace usted bien en advertirlo. Sí, es el tipo de palomita que solía caer en las garras de Giselle.

—Absolutamente de acuerdo.

—Pues bien, hasta aquí la cosa marcha. Pero ¿cómo lo hizo? Ni siquiera se levantó del asiento, y para disparar tuvo que arrodillarse y apoyarse en el respaldo ante diez personas que la miraban. ¡Diablos! Dejémonos de insensateces.

—Asientos 8 y 10 —dijo Fournier, moviendo el índice sobre el papel.

—Monsieur Hércules Poirot y el doctor Bryant —dijo Japp—. ¿Qué tiene que alegar, monsieur Poirot?

—*Mon estomac* —pronunció el otro patéticamente—. Es indigno que el cerebro haya de verse dominado por el estómago.

—En el aire yo también me siento mal —observó Fournier, cerrando los ojos y moviendo la cabeza de modo muy expresivo.

—Vamos, pues, al doctor Bryant. ¿Qué hay del doctor Bryant? Es un pez gordo de la calle Harley. No es muy probable que haya recurrido a una prestamista francesa, pero ¿quién sabe? Y si alguien se cruza en el camino de un médico se expone a pagar con la vida. He aquí mi teoría científica. Un hombre como Bryant, en la cumbre de su profesión, está en relación con investigadores médicos y podría apoderarse en cualquier laboratorio de un tubo de ensayo que contuviera veneno de serpiente.

—Estos ingredientes se tienen bien guardados —observó Poirot—. No es tan fácil como arrancar una hierba en un prado.

—Aunque así sea, un hombre inteligente siempre halla el medio de hacer una sustitución. Una persona como el doctor Bryant no infundiría sospechas.

—Hay bastante fundamento en lo que usted dice —convino Fournier.

—Lo más sorprendente es que él mismo llamase la atención sobre esto, pudiendo declarar que la mujer murió de una afección cardíaca, de muerte natural.

Poirot tosió. Los otros dos lo miraron con curiosidad.

—Me parece —dijo— que ésta fue la primera impresión que tuvo el doctor. Al fin y al cabo, concurrían todas las semejanzas de una muerte natural, pudiendo incluso imputarse a la picadura de una avispa. Porque recuerden que había una avispa...

—No es fácil olvidarla —apuntó Japp—. Siempre está usted con la dichosa avispa.

—Sin embargo —continuó Poirot—, fui yo quien vio primero el aguijón mortal y lo recogí. Sólo después de encontrarlo se pensó en un asesinato.

—De todos modos ese aguijón se hubiera acabado encontrando.

Poirot meneó la cabeza.

—Lo más probable es que el asesino lo hubiese recogido sin que nadie lo observase.

—¿Quién? ¿Bryant?

—¡Hum! Muy arriesgado.

Fournier no estuvo de acuerdo.

—Lo dice ahora porque sabe que se trata de un asesinato. Pero si una mujer muere de un colapso cardíaco y un hombre deja caer su pañuelo y se baja a recogerlo, ¿quién se fijará en este hecho o lo recordará dos veces?

—Es verdad —convino Japp—. Bueno, pues pongamos a Bryant en la lista de los sospechosos. Pudo alargar el cuello a un lado de su asiento y disparar el canuto en sentido diagonal. ¡Pero cómo diablos no lo vio nadie!... Sin embargo, no hay que pensar más en esto, porque ya sabemos que nadie vio al que cometió el crimen.

—Para eso debe de haber alguna razón —dijo Fournier—. Una razón que, por lo que me ha dicho, espero que nos dará, monsieur Poirot. Me refiero a una razón psicológica.

—Continúe usted, amigo —rogó Poirot—, es muy interesante lo que dice.

—Suponiendo que durante un viaje en tren pasamos por una casa incendiada, todos los ojos se volverán a la ventanilla para mirar, todos los pasajeros concentrarán su atención en un punto determinado. En un momento semejante puede uno matar a cualquiera de una puñalada sin que nadie lo vea.

—Es verdad —asintió Poirot—. Intervine en un caso de envenenamiento que ocurrió en circunstancias parecidas. Se trata del momento psicológico. Si descubriésemos que existió ese momento en el *Prometheus*...

—Hemos de descubrirlo interrogando a los camareros y a los viajeros —dijo Japp.

—Cierto. Pero si se dio ese momento psicológico tendremos que pensar que lo provocó el asesino. Éste debió de arreglárselas para producir un efecto especial que motivase ese momento.

—Perfectamente, perfectamente —convino el francés.

—Bueno, tendremos eso en cuenta como punto de partida para nuestras indagaciones —concluyó Japp—. Vamos al asiento número 8. Daniel Michael Clancy.

Japp pronunció este nombre con cierto retintín.

—Bajo mi punto de vista es el más sospechoso que tenemos. ¿Qué hay más fácil para un escritor de crímenes místeriosos que fingir un interés especial en materia de venenos de serpientes y convencer a un farmacéutico de buena fe para que le dé un poco? No olvidemos que fue el único que pasó por detrás de madame Giselle.

—Le aseguro, amigo —afirmó Poirot—, que no lo he olvidado.

Japp prosiguió:

—Pudo usar la cerbatana desde muy cerca, sin necesidad del momento psicológico, como usted lo llama. Además, recuerden que está muy bien enterado de lo concerniente a ese instrumento, según dijo él mismo.

—En todo caso, eso es lo que nos debe hacer reflexionar.

—Es una astucia —afirmó Japp—. ¿Quién nos dice que la cerbatana que nos ha mostrado hoy es la que adquirió hace dos años? Todo eso me escama mucho. Un hombre que está siempre pensando en historias detectivescas e imaginando los casos más raros debe de llevar alguna idea fantástica en la cabeza.

—Es realmente necesario que un escritor lleve ideas en la cabeza —convino Poirot.

Japp continuó examinando el croquis del aeroplano.

—El número 4 corresponde a Ryder. Su asiento está delante de la muerta. No creo que sea el autor, pero no podemos descartarlo. Fue al lavabo y, al volver, pudo disparar de muy cerca, con el inconveniente de que tenía que hacerlo en las mismas barbas de los arqueólogos. Éstos hubieran tenido que verlo sin remedio.

Poirot movió la cabeza, pensativamente.

—¿No conoce usted a ningún arqueólogo? Pues bien, amigo, si los dos estaban enfrascados en el punto más apasionado de su discusión, nadie del mundo estaba en aquel momento más ciego que ellos. A lo mejor estaban viviendo en el siglo v antes de Jesucristo. El año de gracia de 1935 no existía para ellos.

Japp puso cara de escéptico,

—Bueno, pasemos a ellos. ¿Qué puede decirnos usted de los Dupont, Fournier?

—Armand Dupont es uno de los más famosos arqueólogos de Francia.

—Eso nos suministra mucha luz. Su situación en la cabina es inmejorable desde mi punto de vista, al otro lado del pasillo y un poco delante de Giselle. Supongo que en sus viajes por países remotos habrán ido coleccionando los más raros objetos, y podrían haberse procurado un poco de veneno de reptil.

—Es posible, sí —aceptó Fournier.

—Pero ¿no lo cree probable?

Fournier manifestó su duda moviendo la cabeza.

—Monsieur Dupont vive para su profesión. Es un entusiasta. En sus tiempos fue un comerciante de antigüedades. Dedicándose a las excavaciones hizo negocios magníficos. Tanto él como su hijo se consagran en cuerpo y alma a su profesión. Me parece muy poco probable, y no digo imposible, porque después de ver las ramificaciones del asunto Stavisky ya no me sorprendería que ellos también estuviesen complicados en esto.

—Perfectamente —asintió Japp.

Cogió el pliego de papel que había llenado de notas y aclaró su garganta.

—Vamos a ver cómo estamos: Jane Grey, probabilidad poca. Posibilidad prácticamente nula. Gale. Probabilidad poca. Posibilidad prácticamente nula. Miss Kerr. Muy improbable. Posibilidad dudosa. Lady Horbury. Probabilidad buena. Posibilidad prácticamente nula. Monsieur Poirot, casi con certeza el criminal; el único capaz de crear un momento psicológico.

Japp profirió una risotada ante su propia gracia, que Poirot acogió benévolo y Fournier sonriendo casi a la fuerza. Luego siguió el inspector:

—Bryant. Probabilidad y posibilidad, ambas buenas. Clancy. Motivo dudoso; probabilidad y posibilidad, muy buenas, sin duda. Ryder. Probabilidad incierta; posibilidad muy buena. Los dos Dupont. Probabilidad, poca en cuanto al motivo; buena en cuanto a la obtención del veneno. Posibilidad buena.

»Me parece que es un resumen esquemático de todo lo que hemos podido deducir. Tendremos que proceder a una pesquisa rutinaria. Yo empezaría por Clancy y Bryant, indagando en su pasado, si se han hallado en apuros de algún tiempo hacia aquí, si se les ha visto preocupados; dónde han estado durante el último año, y todo lo demás. Lo mismo hay que hacer con Ryder, y a los demás no debemos descuidarlos por completo. Encargaré a Wilson que los vigile estrechamente. Monsieur Fournier puede encargarse de los Dupont.

El inspector de la Sûreté asintió.

—Esté seguro de que se atenderá al servicio. Esta noche vuelvo a París. Algo podremos descubrir sonsacando a Elise, la criada de Giselle, ahora que conocemos mejor el asunto. Me enteraré de todas las idas y venidas de la difunta, pues es muy conveniente que sepamos dónde ha estado este verano. Se la vio en Le Pinet, según creo, dos o tres veces. Podemos informarnos de si se ha entrevistado con algún inglés. ¡Oh! Hay mucho que hacer.

Los dos miraron a Poirot, que hilaba sus reflexiones.

—¿Va usted a echar una mano con esto, monsieur Poirot? —preguntó Japp.

—Sí, me gustaría acompañar a monsieur Fournier a París.

—*Enchanté* —dijo el francés.

—¿En qué piensa usted? —preguntó Japp, mirando a Poirot con curiosidad—. Veo que está muy callado sobre el asunto. ¿No tiene usted alguna idea?

—Una o dos, una o dos; pero es muy difícil.

—¿Podemos saber cuáles?

—Una de las cosas que más me preocupa es el lugar en que se encontró la cerbatana.

—Claro. Como que por esa circunstancia estuvo usted a punto de ir a la cárcel.

—No, eso no. No me preocupa que la escondiesen precisamente en el asiento que yo ocupaba, sino que la escondiesen dondequiera que fuese.

—No veo nada de extraordinario —observó Japp—. En alguna parte tenía que esconderla el asesino para no arriesgarse a que se la encontrasen encima.

—Evidentemente. Pero se habrá fijado usted, amigo, en que, aunque no se pueden abrir las ventanillas del avión, tienen un ventilador, un disco de cristal que puede abrirse y cerrarse a voluntad, y por ese agujero puede pasar perfectamente un canuto. ¿Hay algo más sencillo que desprenderse del arma arrojándola por allí? Sería poco probable que se la encontrase luego en tierra o en el mar.

—Le contestaré a eso que el asesino debió de temer que lo observasen. Si hubiera arrojado la cerbatana por el ventilador alguien lo habría visto.

—Ya lo comprendo —dijo Poirot—. ¡No tuvo miedo de que lo vieran mientras se llevaba el objeto a los labios y lanzaba la flecha envenenada, pero sí lo tuvo mientras arrojaba un canuto por la ventana!

—Concedo que parece ridículo —dijo Japp—, pero el caso es innegable. Escondió la cerbatana bajo un asiento. No podemos escapar de ahí.

Poirot no replicó, y Fournier preguntó, curioso:

—¿Le inspira eso alguna idea?

Poirot movió la cabeza afirmativamente.

—Me sugiere una asociación de ideas.

Luego, levantando la cabeza, preguntó:

—*A propos*, ¿tiene usted esa relación minuciosa de los objetos que llevaba cada pasajero, y que le pedí con tanto interés?

Capítulo 8

La lista de objetos

—Soy hombre de palabra —dijo Japp.

Y, sonriendo, extrajo del bolsillo un pliego de papel doblado y escrito a máquina.

—Aquí tiene usted, todo apuntado minuciosamente. Y convengo en que hay algo muy curioso entre ese fárrago. Ya hablaremos cuando haya leído la lista.

Poirot desplegó el papel y empezó a leer.

Fournier se levantó para leer por encima del hombro del belga.

«James Ryder.

»Bolsillos: pañuelo de hilo marcado con una J. Cartera de piel de cerdo, siete billetes de una libra esterlina, tres tarjetas de comerciantes. Carta del socio George Elbermann, manifestando deseos de que la negociación se haya llevado a cabo con éxito... Carta firmada por Maudie citándole en el Trocadero para la noche siguiente (papel barato y letra inculta). Pitillera de plata. Caja de fósforos. Estilográfica. Manojo de llaves. Llave de la puerta. Cambio suelto de moneda francesa e inglesa.

»Maletín: un fajo de papeles referentes a la dirección de cementos. Un ejemplar de "Booties Cup" (prohibido aquí). Una caja de "Botiquín de Urgencia".»

«Doctor Bryant.

»Bolsillos: dos pañuelos de hilo. Cartera con veinte libras y quinientos francos. Cambio suelto de moneda francesa e inglesa. Memorándum. Pitillera. Encendedor. Estilográfica. Llave de la puerta. Manojo de llaves.

»Flauta en estuche.

»Bajo el brazo: "Memorias de Benvenuto Cellini" y "*Las enfermedades del oído*".»

«Norman Gale.

»Bolsillos: pañuelo de seda. Monedero con una libra y seiscientos francos. Cambio suelto. Tarjetas de dos industriales franceses, fabricantes de instrumentos dentales. Fosforera Bryan & May, vacía. Encendedor de plata. Pipa de escaramujo. Tabaquera de goma. Llave de la puerta.

»Maletín: chaqueta de lino blanco. Dos espejitos de dentista. Rollos de algodón. "*La Vie parisiense*". "*The Strand Magazine*". "*The Autocar*".»

«Armand Dupont.

»Bolsillos: cartera con mil francos y diez libras esterlinas. Anteojos en estuche. Cambio suelto en moneda francesa. Pañuelo de algodón. Paquete de cigarrillos. Caja de fósforos. Tarjetas de visita, en una cajita. Mondadientes.

»Maletín: manuscrito del informe dirigido a la Royal Asiatic Society. Dos publicaciones alemanas de arqueología. Dos hojas de papel con toscos dibujos de cerámica. Tubos largos ornamentales (dicen que son pipas kurdas). Cestita de paja. Nueve fotografías, todas de vajilla.»

«Jean Dupont.

»Bolsillos: cartera con cinco libras esterlinas y trescientos francos. Pitillera. Boquilla (marfil). Encendedor. Estilográfica. Dos lápices. Libreta llena de notas. Carta en inglés de L. Marrimer invitándole a comer a un restaurante cerca de Tottenham Court Road. Cambio suelto de moneda francesa.»

«Daniel Clancy.

»Bolsillos: pañuelo (manchado de tinta). Estilográfica (rota). Cartera con cuatro libras y cien francos. Tres recortes de periódicos con relatos de crímenes recientes (un envenenamiento con arsénico y dos desfalcos). Dos carteras de corredores de fincas con pormenores sobre las tierras anexas. Memorándum. Cuatro lápices. Cortaplumas. Tres recibos y cuatro facturas no pagadas. Carta de Gordon encabezada S. S. Minotaur. Charada a medio descifrar recortada del *Times*. Cuaderno con notas de intrigas. Cambio suelto de moneda italiana, francesa, suiza e inglesa. Cuenta del hotel Nápoles. Manojo de llaves.

»Bolsillo del sobretodo: notas manuscritas de "*Asesinato en el Vesubio*". Guía de ferrocarriles continentales. Pelota de golf. Un par de calcetines. Cepillo de dientes. Cuenta de hotel, París.»

«Miss Kerr.

»Bolso de mano: pintalabios. Dos boquillas, una de marfil y otra de ámbar. Polvera.
Pitillera. Fosforera. Pañuelo. Dos libras esterlinas. Cambio suelto. Media carta de crédito. Llaves.

»Maletín: botellitas, cepillos, peines,
etc. Bártulos de manicura. Neceser con cepillo de dientes, esponja, polvos dentífricos,
jabón. Dos pares de tijeras. Cinco cartas de
la familia y amigos de Inglaterra. Dos novelas. Fotografías de dos perros de aguas.

»Bajo el brazo: las revistas *"Vogue"* y
"Good House-keeping".»

«Miss Grey.

»Bolso de mano: pintalabios, colorete y
polvera. Llave y llavero. Lápiz. Pitillera.
Boquilla. Fosforera. Dos pañuelos. Cuenta del
hotel *Le Pinet*. Librito *Frases Francesas*.
Cartera, cien francos y diez céntimos. Una
ficha del casino por valor de cinco francos.

»En el bolsillo de la chaqueta de viaje:
seis postales de París, dos pañuelos y una
bufanda de seda. Una carta firmada por "Gladys". Un tubo de aspirinas.»

«Lady Horbury.

»Bolso de mano: dos pintalabios, colorete,
polvera. Pañuelo. Tres billetes de mil francos. Seis libras esterlinas. Cambio suelto
(francés). Un solitario. Cinco postales francesas. Dos boquillas. Un encendedor con su
estuche.

»Maletín: equipo completo de cosméticos y

de manicura (en oro). Botellita de tinta con polvos de ácido bórico.»

Cuando Poirot dio por terminada la lectura, Japp señaló con el dedo el último párrafo.

—El guardia que dictó la relación no dio pruebas de ser muy listo. Le pareció que aquello no armonizaba con los demás objetos. ¡Ácido bórico, válgame Dios! El polvo blanco de la botellita era cocaína.

Poirot abrió cansadamente los ojos y movió la cabeza.

—Acaso tenga escasa importancia para el caso —dijo Japp—. Pero no me negarán ustedes que una señora cocainómana no es precisamente un modelo de virtud. Me parece a mí que esa dama no se andaría con chiquitas para satisfacer sus deseos. Con todo, dudo que tuviera el valor necesario para llevar a cabo un acto como el que discutimos, y, francamente, no veo que le hubiera sido posible realizarlo. Sería idiota atribuírselo.

Poirot volvió a coger el pliego y lo leyó de nuevo con atención. Luego lo dejó lanzando un suspiro.

—En esta relación —dijo— se delata claramente el autor del crimen. Y no obstante, no veo el porqué ni el cómo.

Japp se lo quedó mirando con sorpresa.

—¿Quiere decir que leyendo todo ese fárrago se ha formado usted una idea de quién cometió el crimen?

—Creo que sí.

Japp le arrebató las cuartillas para leerlas de cabo a rabo, pasándoselas a Fournier a medida que él las acababa. Luego las arrojó a la mesa y miró a Poirot.

—¿Quiere usted burlarse de mí, monsieur Poirot?

—No, no. *Quelle idée!*

—¿Qué le parece a usted, Fournier?

El francés se encogió de hombros, diciendo:

—Tal vez yo sea tonto, pero creo que con esto no adelantamos nada.

—Con eso precisamente, no —dijo Poirot—. Pero ¿y si lo relacionamos con ciertas circunstancias del caso? En fin, tal vez yo esté en un error.

—Bueno, exponga su idea —pidió Japp—. Tengo sumo interés en oírle.

Poirot movió la cabeza.

—No. Como usted dice, no es más que una idea..., una simple idea. Esperaba hallar un objeto determinado en esa idea. Eh, bien, lo he hallado. Ahí está, aunque no donde esperaba encontrarlo. La pista es infalible, pero la persona a la que señala no es la que buscamos. Esto quiere decir que tenemos mucho trabajo por delante, y la verdad es que lo veo todo muy oscuro. He perdido mi camino. Sólo ciertos hechos permanecen en pie y se armonizan entre sí. ¿No les parece? No, ya veo que no son de mi opinión. Vamos, pues, a trabajar siguiendo cada uno su idea. No es que esté seguro de la mía, pero tengo mis sospechas...

—Creo que está usted hablando para sí mismo —dijo Japp, levantándose—. En fin, otro día será. Yo trabajaré en Londres, usted, Fournier, vuelve a París... Y usted, monsieur Poirot, ¿qué piensa hacer?

—Yo deseo acompañar a monsieur Fournier a París..., ahora más que nunca, precisamente.

—¿Más que nunca...? Me gustaría saber qué antojo se le ha metido en la cabeza.

—¿Antojo? *Ce n'est pas joli, ça!*

Fournier le estrechó la mano cortésmente.

—Buenas noches y agradecido por su deliciosa hospitalidad. ¿Nos veremos entonces mañana por la mañana en Croydon?

—Eso es. *À demain.*

—Y espero que no nos maten durante el vuelo.

Los dos inspectores se marcharon juntos.

Poirot permaneció un rato inmóvil, como si soñara. Luego se levantó, arregló todo lo que estaba en desorden, puso las sillas en su sitio y, acercándose a una mesa arrinconada, cogió un ejemplar de la revista *Sketch*, cuyas hojas fue pasando hasta encontrar lo que buscaba.

«Dos adoradores del sol.» Éste era el título. «La condesa de Horbury y míster Raymond Barraclough en Le Pinet.» Contempló aquellas dos figuras en traje de baño, cogidas del brazo y sonrientes, y pensó:

«No me sorprende... A lo largo de estas líneas puede leerse toda una historia... toda una historia».

Capítulo 9

Elise Grandier

Al día siguiente hizo un tiempo tan perfecto y reinaba tanta calma que el mismo Poirot tuvo que confesar que sentía una excelente tranquilidad de estómago.

Estaban haciendo el viaje de vuelta a París en el correo de las ocho cuarenta y cinco.

En el departamento iban diecisiete o dieciocho personas, entre las que se contaban Poirot y Fournier, y el francés aprovechó el viaje para hacer algunos experimentos. Sacó del bolsillo un pedazo de bambú y se lo llevó a los labios tres o cuatro veces apuntando en determinada dirección. Una vez hizo esto volviéndose en su asiento, otra inclinándose a un lado y otra al salir del lavabo, y en todas las ocasiones encontró la mirada de asombro de uno u otro viajero, dirigido hacia él. La última vez, todos los ojos estaban fijos en él.

Fournier se dejó caer en su asiento desalentado y le molestó observar que había estado divirtiendo a Poirot.

—Puede usted reírse, amigo, pero convendrá que teníamos que probar el experimento.

—¡Evidentemente! Me alegra que piense usted en esto. No hay nada como una demostración ocular. Ha representado el papel del asesino con la cerbatana y el resultado está bien claro. ¡Todos lo han visto!

—No todos.

—En cierto modo, no. Cada vez ha dejado de verle alguien; pero eso no basta para un asesinato cometido con éxito. Ha de estar uno seguro de que nadie lo verá.

—Y eso es imposible en circunstancias normales —convino Fournier—. Me aferro a la idea de que tuvo que producirse el momento psicológico cuando la atención de todos estaba fija en algún punto.

—Nuestro amigo, el inspector Japp, va a practicar minuciosamente indagaciones respecto al particular.

—¿No es usted de mi opinión, monsieur Poirot?

Éste vaciló antes de contestar con calma:

—Convengo en que hubo..., en que debió de haber una razón psicológica para que nadie viera al asesino... Pero mis conjeturas corren por cauces distintos de los suyos. En este caso, los hechos meramente oculares pueden engañarnos. Cierre los ojos, amigo, en vez de abrirlos tanto. Utilice los ojos de la razón y no los del cuerpo. Es la materia gris la que debe funcionar aquí... Es el cerebro el que le tiene que manifestar lo sucedido.

Fournier lo miró con curiosidad.

—No le sigo por ahí, monsieur Poirot.

—Porque deduce usted de lo que ha visto. Nada desorienta tanto como la observación directa.

Fournier movió la cabeza y agitó las manos.

—Dejémoslo estar. No acabo de comprenderle.

—Nuestro amigo Giraud le aconsejaría que no hiciese caso de mis fantasías. «Usted, muévase —le diría—. Sentarse en una butaca a pensar es cosa de hombres anticuados y escépticos.» Pero yo le digo que un joven sabueso se arroja con tal ímpetu sobre lo que huele que a veces pasa de largo.

Y recostándose en su asiento, Poirot cerró los ojos y cualquiera hubiese dicho que estaba pensando; pero lo cierto es que cinco minutos más tarde dormía como un tronco.

Al llegar a París fueron sin perder tiempo al número 3 de la calle Joliette.

La calle Joliette está al lado sur del Sena. En nada se diferenciaba la casa número 3 de las otras casas. Un viejo portero salió a recibirlos y saludó a Fournier de mal talante.

—¡Ya volvemos a tener aquí a la policía! No hace más que molestar. Acabará por dar mala fama a la casa.

Y se metió refunfuñando en su garita.

—Subiremos al despacho de Giselle —dijo Fournier—. Está en el primer piso.

Sacó una llave del bolsillo mientras hablaba y explicó que la policía tuvo la precaución de cerrar y sellar la puerta mientras no se conociesen los resultados de la investigación judicial de Londres.

—Aunque no creo que encontremos nada que pueda ayudarnos.

Arrancó los sellos, abrió la puerta y entraron. El despacho de madame Giselle era una habitación reducida y mal ventilada. En un rincón había una caja de caudales vieja. Los otros muebles se reducían a una mesa de escritorio y algunas sillas sucias y agujereadas. La única ventana estaba tan llena de polvo que probablemente nunca se había abierto.

Fournier pasó una mirada en derredor encogiéndose de hombros.

—¿Ve usted? Nada. Absolutamente nada.

Poirot fue a colocarse detrás de la mesa, se sentó en la silla y miró a Fournier. Pasó la mano suavemente por la superficie de la mesa y luego por debajo.

—Aquí hay un timbre —dijo.

—Sí, para llamar al portero.

—¡Ah! Una sabia precaución. Los clientes de madame debían manifestarse turbulentos en ciertas ocasiones.

Abrió varios cajones. Contenían únicamente desechos: un almanaque, plumas, lápices; pero ni un papel u objeto que fuese exclusivamente personal.

Poirot se limitó a mirar dentro con curiosidad.

—Amigo, no quiero ofenderle haciendo un registro minucioso. Si hubiera algo de importancia, estoy seguro de que usted lo habría encontrado —miró la caja de caudales y añadió—: No parece muy fuerte.

—Es muy antigua —convino Fournier.

—¿Estaba vacía?

—Sí. Esa maldita criada lo destruyó todo.

—¡Ah, sí, la criada! La criada de confianza. Tenemos que verla. Esta habitación, como me ha advertido usted, no nos dice nada. Es muy significativo, ¿no le parece?

—¿Qué quiere decir con eso de significativo, monsieur Poirot?

—Que no haya en este despacho nada personal... Me parece interesante.

—Era una señora muy poco sentimental —contestó Fournier, secamente.

Poirot se levantó.

—Vamos a ver a esa criada —dijo—, a esa criada tan digna de confianza.

Elise Grandier era una mujer bajita y fornida, de mediana edad, rostro rubicundo y unos ojos pequeños que saltaban del rostro de Fournier al de su compañero.

—Siéntese, mademoiselle Grandier —dijo Fournier.

—Gracias, monsieur.

Se sentó muy modosa.

—Monsieur Poirot y yo acabamos de llegar de Londres. Ayer se celebró la investigación judicial, es decir, se abrió el sumario relativo a la muerte de la señora. Ya no existe la menor duda. La señora murió envenenada.

La francesa movió la cabeza abriendo la boca.

—Es horrible lo que me dice, monsieur. ¿Mi señora, envenenada? ¿Quién hubiera podido imaginar algo así?

—Usted puede ayudarnos a poner las cosas en claro, mademoiselle.

—Desde luego, monsieur, haré cuanto esté en mi mano

para ayudar a la policía. Pero no sé nada, absolutamente nada.

—¿Sabe si madame tenía enemigos? —le preguntó Fournier, secamente—. El negocio de prestamista implica ciertas situaciones desagradables.

—Es verdad que a veces los clientes de madame no eran muy razonables —convino Elise.

—Habían montado algún escándalo, ¿verdad? ¿La amenazaban?

La criada movió la cabeza negando.

—No, no, está usted en un error. No eran ellos los que amenazaban. Lloraban, se quejaban, protestaban que no podían pagar, eso sí —dijo en un tono de desprecio.

—Y a veces, mademoiselle —advirtió Poirot—, tal vez no pudieran pagar.

Elise Grandier se encogió de hombros.

—Tal vez. ¡Allá ellos! Pero al fin pagaban.

Y en sus palabras había un acento de satisfacción.

—Madame Giselle era una mujer muy dura —dijo Fournier.

—Madame tenía razón.

—¿No siente usted lástima de las víctimas?

—Víctimas..., víctimas —dijo Elise con impaciencia—. Ustedes no comprenden. ¿Qué necesidad hay de contraer deudas, de vivir como no permiten los recursos personales, pedir un préstamo y luego quedarse sin dinero como si lo hubieran regalado? Eso no está bien. Mi señora era siempre buena y justa. Prestaba y esperaba que le pagasen. Eso no está mal. Ella nunca contraía deudas. Pagaba religiosamente lo que debía. Nunca dejó de pagar una factura. Mi señora era buena. Las Hermanitas de los Pobres nunca se marcharon de aquí sin una limosna. Daba dinero a las instituciones de caridad. Cuando la mujer de Georges, el portero, estuvo enferma, mi señora le pagó la estancia en una clínica de convalecencia.

Se detuvo, encendida de cólera. Y repitió:

—Ustedes no comprenden. No comprenden a mi señora.

Fournier esperó a que se fuera calmando y dijo:

—Ha indicado usted que los clientes de madame siempre acababan pagando. ¿Sabe de qué medios se valía su señora para obligarlos?

Ella levantó los hombros.

—Yo no sé nada, monsieur, absolutamente nada.

—Algo tenía que saber para quemar todos los papeles de madame.

—No hice más que obedecer la orden que me había dado. Siempre me decía que si le ocurriese algún percance, o se pusiera enferma y muriese lejos de casa, yo debía destruir todos sus papeles de negocios.

—¿Los papeles que guardaba en la caja fuerte? —preguntó Poirot.

—Eso mismo, los papeles de sus negocios.

—¿Y los guardaba en la caja fuerte?

Aquella insistencia arreboló las mejillas de Elise.

—Yo obedecí las instrucciones de madame.

—Ya lo sé —dijo Poirot, sonriendo—. Pero los papeles no estaban en la caja fuerte. ¿No es verdad lo que digo? La caja es demasiado vieja y cualquiera hubiese podido abrirla. Los papeles estaban guardados en otra parte. ¿Tal vez en el dormitorio de madame?

Ella reflexionó un momento antes de contestar.

—Sí, es verdad. Madame siempre quería hacer creer a sus clientes que guardaba los papeles en la caja fuerte, pero en realidad la caja estaba vacía. Todo lo guardaba en su dormitorio.

—¿Quiere mostrarnos dónde está?

Elise se levantó y los dos hombres la siguieron. El dormitorio era una salita tan llena de muebles que apenas podía uno moverse libremente. En un rincón había un cofre muy antiguo, cuya tapa levantó Elise para sacar un vestido viejo de alpaca y unas enaguas de seda. Dentro del vestido había una gruesa cartera.

—Aquí estaban los papeles, monsieur. Los guardaba en un pliego cerrado.

—No me dijo usted nada de eso cuando le pregunté hace tres días —dijo Fournier con aspereza.

—Perdone, monsieur. Usted me preguntó dónde estaban los papeles que se guardaban en la caja fuerte. Le contesté que los había quemado. Y es verdad. Parecía que no tenía importancia el lugar donde se guardaban los papeles.

—Cierto —dijo Fournier—. Comprenderá usted, mademoiselle, que esos papeles no debían quemarse.

—Obedecí las órdenes de madame —replicó Elise, obstinadamente.

—Ya sé que obró usted con buena intención —dijo Fournier, suavizando el tono—. Ahora ponga atención a lo que le digo, mademoiselle: su señora fue asesinada. Es posible que su asesino fuera alguno o algunos de los que poseía algún secreto que pudiese perjudicarles. Ese secreto estaba en los papeles que usted quemó. Voy a preguntarle algo, que no quiero que conteste sin reflexionar. Es posible..., y a mi modo de ver sería probable y comprensible..., que usted examinase esos papeles antes de arrojarlos a las llamas. En este caso, ningún daño puede sobrevenirle por ello. Y en cambio, esa información podría ser de gran provecho para la policía y para descubrir el autor del crimen. Por tanto, mademoiselle, no tenga miedo de contestar sinceramente. ¿Miró usted los papeles antes de quemarlos?

—No, monsieur. No miré nada. Quemé el sobre sin abrirlo.

Capítulo 10

El librito negro

Fournier fijó sus ojos un instante en ella y, convencido de que había dicho la verdad, se volvió con un gesto de desaliento.

—Es una lástima —dijo—. Obró usted honradamente, mademoiselle; pero es una lástima.

—No puedo remediarlo, monsieur. Lo siento.

Fournier se sentó y sacó un cuadernillo del bolsillo.

—Cuando la interrogué la última vez, mademoiselle, me dijo usted que no sabía el nombre de los clientes de su señora. Y ahora habla de ellos diciendo que se quejaban y pedían misericordia. Así pues, ¿sabía usted algo de los clientes de madame Giselle?

—Déjeme explicarle, monsieur. Mi señora jamás nombraba a nadie. Nunca hablaba de sus asuntos. Pero después de todo era mujer, ¿verdad? Siempre se le escapaba alguna exclamación, algún comentario. A veces me hablaba como si pensara en voz alta.

Poirot se agitó en su asiento.

—¿No podría usted ponerme algún ejemplo, mademoiselle...?

—Déjeme pensar... ¡Ah, sí! Por ejemplo, llegaba una carta. La abría. Se echaba a reír con una risa breve, seca. Y decía: «Puede llorar y lamentarse, señora mía. Pero me pagará». O me decía: «¡Qué estúpidos! ¡Pensar que les iba a dejar sumas importantes sin antes asegurarme bien! El sa-

99

ber cosas es una garantía, Elise. Da una enorme fuerza».
Decía cosas por el estilo.

—¿Veía usted a los clientes que venían a visitarla?

—No, monsieur. En todo caso, raras veces. Iban al primer piso y casi nunca venían de noche.

—¿Había estado su señora en París antes del viaje a Inglaterra?

—Regresó a París la tarde anterior.

—¿Dónde había estado?

—Había pasado quince días en Deauville, Le Pinet, París-Plage y Wimereux; era su acostumbrado trayecto de septiembre.

—¿Y no dijo nada, absolutamente nada que pueda arrojar alguna luz sobre esto?

—No, monsieur. No recuerdo nada. Madame estaba alegre. Dijo que los negocios marchaban. Su viaje había sido provechoso. Luego me hizo telefonear a Universal Airlines y encargar un pasaje para Inglaterra, para el día siguiente. El primer vuelo de la mañana estaba todo reservado, pero encontró un asiento para el servicio del mediodía.

—¿Dijo a qué iba a Inglaterra? ¿Tenía allí algún asunto urgente?

—¡Oh! No, monsieur. La señora iba a Inglaterra con frecuencia. Solía avisarme la víspera.

—¿Vino a ver a madame algún cliente aquella noche?

—Creo que vino alguien, pero no estoy segura. Tal vez Georges lo sepa. Madame nada me dijo.

Fournier sacó del bolsillo varias fotografías, casi todas instantáneas tomadas por los periodistas de algunos testigos al salir de la Audiencia.

—¿Reconocería usted a alguno de éstos, mademoiselle?

—No, monsieur.

—Probaremos a ver si Georges...

—Sí, monsieur. Por desgracia, Georges tiene muy mala vista. Es una lástima.

Fournier se levantó.

—Bien, mademoiselle, nos despedimos ya, si usted está segura de no haber omitido nada, nada en absoluto.

—¿Yo? ¿Qué..., qué puedo haber omitido yo?

Y Elise se mostró apenada.

—Comprendido, pues. Vamos, monsieur Poirot. Perdone. ¿Está usted buscando algo?

Poirot se movía por la sala curioseándolo todo.

—Pues sí. Buscaba algo que no veo.

—¿Qué busca?

—Fotografías. Retratos de amistades o parientes de madame Giselle.

Elise negó con la cabeza.

—Mi señora no tenía familia. Estaba sola en el mundo.

—Tenía una hija —dijo Poirot con aspereza.

—Sí, es verdad. Tenía una hija.

Y Elise suspiró.

—¿Y no hay un retrato de su hija? —insistió Poirot.

—¡Oh! Monsieur no lo comprende. Es verdad que madame tuvo una hija, pero de eso hace mucho tiempo, ¿sabe usted? Creo que madame no la había visto desde niña.

—¿Cómo fue eso? —preguntó Fournier.

Ella dejó caer los brazos en actitud muy expresiva.

—No lo sé. Fue cuando madame era joven. Me han dicho que entonces era muy guapa. No sé si estaba soltera o se casó. Yo creo que no. Sin duda se llegó a un acuerdo respecto a la niña. En cuanto a madame, sé que tuvo viruela, que estuvo muy enferma, en peligro de muerte. Cuando se restableció, toda su belleza había desaparecido. Ya no hizo más locuras, se acabaron las novelas. Madame se convirtió en una mujer de negocios.

—¿No dejó el dinero a su hija?

—Nada más cierto —dijo Elise—. ¿A quién había de dejar su dinero sino a la sangre de su sangre? La sangre tiene más fuerza que el agua, y madame no tenía amigos. Siempre estaba sola. Su pasión era el dinero, hacer dinero y más dinero. Gastaba muy poco. No le gustaba el lujo.

—Le dejó a usted un legado. ¿Lo sabía?

—Sí, ya me lo han comunicado. Madame siempre fue generosa. Cada año me daba una importante cantidad, además de mi salario. Le estoy muy agradecida.

—Bueno —dijo Fournier—, nos vamos. Al salir hablaré un momento con Georges.

—Espéreme abajo un minuto, amigo —dijo Hércules Poirot.

—Como usted quiera.

Fournier salió.

Poirot dio una vuelta por la sala. Luego se sentó y se quedó mirando a Elise.

Ante la mirada de aquel hombre, la francesa se mostró un poco impaciente.

—¿Hay algo más que desee usted saber, monsieur?

—Mademoiselle Grandier —dijo Poirot—. ¿Sabe usted quién mató a su señora?

—No, monsieur. Lo juro ante Dios.

Hablaba con total formalidad. Poirot la miró como si quisiera penetrarla con la mirada. Luego inclinó la cabeza a un lado y dijo:

—Bien. La creo. Pero una cosa es saberlo y otra tener alguna sospecha. ¿No tiene una idea, por ligera que sea, de quién pudo hacerlo?

—No tengo la menor idea, monsieur. Ya se lo dije al agente de policía.

—Puede decirle a él una cosa y a mí otra.

—¿Por qué dice usted eso, monsieur? ¿Cómo quiere que haga algo así?

—Porque una cosa es informar a la policía y otra informar particularmente a una persona.

—Sí. Tiene usted razón.

Y en su rostro se dibujó una expresión de indecisión.

Parecía pensar algo, y Poirot, sin dejar ni un momento de mirarla, inclinó su cuerpo hacia ella y le dijo:

—¿Quiere que le diga algo, mademoiselle Grandier? Tengo por norma de mi profesión no creer nada de lo que me dicen mientras no me lo prueben. No sospecho de tal o cual persona: sospecho de todo el mundo. A cuantos se relacionan de cerca o de lejos con un crimen los considero criminales hasta que me prueban su inocencia.

Elise Grandier le replicó indignada:

—¿Quiere usted decir que sospecha de mí..., de mí, que me cree capaz de haber matado a madame? ¡Eso es demasiado fuerte! Sólo el pensarlo es de una maldad increíble.

Su pecho se agitaba violentamente.

—No, Elise —dijo Poirot—. Yo no sospecho que haya matado a su señora. La mató un pasajero del avión. Usted no intervino para nada en el propio crimen. Pero pudiera ser cómplice con anterioridad al hecho. Pudo usted informar a alguien sobre las circunstancias del viaje de madame.

—A nadie. Le juro que no.

Poirot la miró en silencio. Luego movió la cabeza.

—La creo. Y, no obstante, usted oculta algo. ¡Ah, sí, eso es! Escuche lo que le digo. En todos los casos de índole criminal se presenta el mismo fenómeno cuando se interroga a los testigos. Todos se reservan algo. Con bastante frecuencia es algo completamente inofensivo, algo que acaso no tenga la menor relación con el crimen; pero es algo. Eso mismo le pasa a usted. No me lo niegue. Soy Hércules Poirot y lo sé. Cuando mi amigo, monsieur Fournier, le preguntó si estaba segura de no haber omitido nada, usted se turbó y contestó evasivamente. Y ahora mismo, cuando le he dicho que podía informarme de algo que no le gustase comunicar a la policía, se ha puesto usted a reflexionar. Señal de que hay algo. Deseo saber qué es ese algo.

—Nada de importancia.

—Es posible que no la tenga. Pero, de todos modos,

¿querría usted decirme lo que es? Recuerde que yo no pertenezco a la policía.

—Es verdad —dijo Elise Grandier. Vaciló y dijo—: Monsieur, estoy en un apuro. No sé qué desearía mi señora que hiciese en este caso.

—Por algo se dice que cuatro ojos ven más que dos. ¿Quiere usted mi consejo? Examinemos juntos este asunto.

La mujer lo miró, expresando sus dudas. Él le dijo sonriendo:

—Es usted un buen perro de presa, Elise. Ya veo que es una cuestión de lealtad para con su señora.

—Es la pura verdad, monsieur. Madame confiaba en mí. Desde que entré a su servicio cumplí sus instrucciones con toda fidelidad.

—¿Estaba usted agradecida por algún favor especial que le hubiera prestado?

—Monsieur es muy vivo. Sí, es verdad. No me importa confesarlo. Me dejé engañar, monsieur; me robaron los ahorros, y había una hija por medio. Madame se portó muy bien conmigo. Ella logró que una buena familia tuviese a la niña en una granja..., muy buena gente, monsieur, y una granja magnífica. Entonces fue cuando ella me dijo que también era madre.

—¿Le dijo la edad que tenía su hija, dónde estaba y algo más?

—No, monsieur; habló de ella como de una época de su vida que estaba ya olvidada, según dijo. Su hija estaba bien atendida y recibiría una educación que la haría apta para una profesión o para el comercio. Además, heredaría su dinero.

—¿Le dijo algo más acerca de su hija o acerca del padre?

—No, monsieur; pero tengo una idea.

—Hable, mademoiselle Elise.

—No es más que una idea, no se vaya a figurar.

—Perfectamente, perfectamente.

—Tengo la idea arraigada de que el padre de la niña era un inglés.

—¿Cómo sacó usted esa conclusión?

—Por nada concreto. Sin embargo, le notaba una amargura especial cuando hablaba del inglés. Creo también que en su negocio se alegraba cuando tenía a algún inglés en su poder. No es más que una impresión...

—Sí, pero puede sernos de gran valor. Abre la puerta a posibilidades... ¿Y usted, mademoiselle Elise, tuvo un niño o una niña?

—Una niña. Pero murió, murió hace cinco años.

—¡Ah! ¡Pobrecilla!

Hubo una pausa.

—Y ahora, mademoiselle Elise —dijo Poirot—, ¿qué es lo que hasta ahora se ha abstenido usted de decir?

Elise se levantó y desapareció en la habitación contigua. Al cabo de cinco minutos volvió a entrar con un librito negro muy usado en la mano.

—Este librito era de madame. Siempre lo llevaba encima. Cuando estaba a punto de partir para Inglaterra no lo pudo encontrar. Lo había perdido. Cuando se hubo marchado lo encontré yo. Se le había caído tras la cabecera de la cama. Me lo guardé hasta que ella regresase. Quemé los papeles en cuanto me enteré de la muerte de madame, pero no quemé el librito porque no tenía orden de hacerlo.

—¿Cuándo se enteró de la muerte de madame?

Elise vaciló un instante.

—Se enteró usted por la policía, ¿verdad? —preguntó Poirot—. Vinieron aquí a examinar los papeles de madame. Se encontraron con la caja fuerte vacía y les dijo usted que había quemado los papeles, pero no los quemó usted hasta que la policía se retiró.

—Es verdad, monsieur —concedió Elise—. Mientras ellos miraban la caja saqué los papeles del cofre. Les dije que los había quemado, sí. Después de todo, me acercaba bastante a la verdad. Los quemé a la primera oportunidad. Tenía que cumplir las órdenes de madame. ¿Se hace usted cargo de mi situación, monsieur? ¿No informará usted a la policía? Podría costarme caro.

—Creo, mademoiselle Elise, que obró usted con la mejor intención. De todos modos, comprenderá usted que es una lástima…, una verdadera lástima. ¿Mas para qué lamentar lo que no tiene remedio? No creo necesario informar a la policía sobre la hora exacta en que quemó usted los papeles. Permítame ver si en este libro hay algo que pueda ayudarnos.

—No creo que haya nada, monsieur —dijo Elise, moviendo la cabeza—. Son notas privadas de la señora, sí; pero no hay más que números. Sin los documentos y las cuentas, estos apuntes no tienen significado.

Entregó el librito a Poirot a regañadientes. Éste lo cogió y empezó a volver las hojas. Eran apuntes a lápiz en una escritura chapucera. Todos eran de la misma mano y seguían un mismo orden: un número seguido de algunas palabras significativas. Por ejemplo:

CX 256. Mujer del coronel. De servicio en Siria. Fondos del regimiento. GF 342. Diputado francés. Relacionado con Stavisky.

Todos los apuntes parecían de la misma índole. Había unos veinte. Al final de la libreta había una relación, escrita a lápiz, de fechas y señas, como:

Le Pinet, lunes. Casino, 10.30, Savoy Hotel, a las 5. ABC. Fleet Street, a las 11.

Ninguna de estas notas estaba completa, y más que citas apuntadas parecían datos para refrescar la memoria de Giselle.

Elise contemplaba a Poirot con ansiedad.

—Eso nada significa, monsieur, o así me lo parece a mí. La señora podía entender lo que dicen, pero se hacen incomprensibles para quien las lea.

Poirot cerró el libro y se lo guardó en el bolsillo.

—Esto puede ser de gran valor, mademoiselle. Ha hecho usted muy bien dándomelo. Y puede estar tranquila. ¿Nunca le mandó la señora quemar este librito?

—Pues lo cierto es que no —dijo Elise, con el semblante un tanto animado.

—Por lo tanto, no habiéndoselo ordenado, tiene usted el deber de entregarlo a la policía. Yo lo arreglaré con monsieur Fournier para que no la culpen por no haberlo hecho enseguida.

—Monsieur es muy bondadoso.

Poirot se levantó.

—Voy a reunirme con mi colega. La última pregunta. Cuando encargó usted un asiento para madame Giselle, ¿telefoneó al aeródromo de Le Bourget o a la oficina de la compañía aérea?

—Telefoneé a las oficinas de Universal Airlines, monsieur.

—¿Que está, si no me equivoco, en el bulevar de los Capuchinos?

—Eso mismo, monsieur, bulevar de los Capuchinos, número 254.

Poirot se apuntó el número en su cuaderno y, saludando con una leve inclinación, se marchó.

Capítulo 11

El americano

Fournier estaba enfrascado en una animada conversación con el viejo Georges. El inspector se manifestaba acalorado y colérico.

—Cosas de la policía —gruñía el viejo, con su voz áspera—. ¡Siempre haciendo las mismas preguntas! ¿Qué se proponen? ¿Esperan que a fuerza de hacer decir a la gente la verdad le digan mentiras?

—No quiero mentiras, sino la verdad.

—Pues la verdad es lo que le he dicho. Sí, una señora vino a ver a madame la noche anterior al viaje. Me enseña usted esas fotografías preguntándome si reconozco a la señora entre ellas. Le repito lo mismo que siempre le he dicho, que mi vista no es buena, que oscurecía cuando vino, que no la vi de cerca. No sé quién era la visita. Si me presentase usted a la señora no la reconocería. No le puedo hablar más claro y es la cuarta o quinta vez que le digo lo mismo.

—¿Y no puede recordar si era alta o baja, morena o rubia, vieja o joven? ¡Parece increíble!

Fournier hablaba con punzante ironía.

—Pues no lo crea. ¿A mí qué me importa? ¡Vaya un gusto, verse complicado con la policía! Estoy avergonzado. Si madame no hubiera muerto en el aire, probablemente sospecharía usted que yo la envenené. Así es la policía.

Poirot impidió una réplica enfurecida de Fournier, cogiendo del brazo a su amigo.

—Vamos, *mon vieux* —dijo—. El estómago empieza a protestar. No quiero más que una comida sencilla, pero sabrosa. Me bastará *omelette aux champignons*, *sole à la Normande* y un queso de Port Salut con vino tinto. ¿O prefiere usted otra clase de vino?

Fournier miró el reloj.

—¡Caramba! La una. Hablando con ese individuo... —dijo, mirando a Georges.

Poirot dirigió al portero una mirada animosa.

—Tenemos, pues, que la señora no era alta ni baja, morena ni rubia, vieja ni joven, delgada ni gorda. Pero usted puede decirnos algo: ¿era elegante? —dijo el belga.

—¿Elegante? —contestó el portero, como si le sorprendiera la pregunta.

—Ya me ha contestado —dijo Poirot—. Era elegante. Y hasta me parece, amigo, que debía de estar guapa en traje de baño.

Georges lo miró estupefacto.

—¿En traje de baño? ¿Qué es eso de traje de baño?

—Una idea que se me ha ocurrido. ¿Está usted de acuerdo? Mire esto.

Y alargó al viejo una hoja arrancada de la revista *Sketch*.

Hubo una pausa. El portero miró con curiosidad la página.

—Está usted de acuerdo, ¿verdad? —preguntó Poirot.

—No está mal esa pareja —comentó, devolviendo el papel—. Si no llevasen nada sería casi lo mismo.

—¡Ah! —observó Poirot—. Eso es porque ahora hemos descubierto la acción beneficiosa del sol en la piel. Es muy conveniente.

Georges condescendió en dedicarle una risita ronca y se hundió en la portería, mientras Poirot y Fournier salían a la luz de la calle.

Durante la comida, el belga sacó el librito negro de los apuntes.

Fournier quedó impresionado al ver aquello en posesión de su amigo y manifestó su disgusto contra Elise... Poirot procuró amansarlo.

—Es natural..., muy natural. La policía espanta a esa pobre gente sólo con el nombre. Ante la policía se asustan y se embrollan sin saber por qué. En todos los países sucede lo mismo.

—Es la ventaja de ustedes —dijo Fournier—. El investigador privado obtiene de los testigos más de lo que puede arrancárseles por los procedimientos oficiales. No obstante, tenemos sobre ustedes otras ventajas, como los registros oficiales, una perfecta organización y la autoridad.

—Trabajaremos entonces de mutuo acuerdo, como buenos amigos —propuso Poirot—. Esta tortilla era deliciosa.

Entre plato y plato, Fournier volvió las hojas del librito. Luego tomó una nota en su cuaderno.

—¿Ha leído usted esto ya? ¡Claro! —preguntó y supuso, mirando a Poirot.

—No, sólo lo he mirado. ¿Me permite?

Y tomó el libro de manos de Fournier.

Cuando se sirvió el queso, el belga dejó el librito sobre la mesa y las agudas miradas de los amigos se encontraron.

—Hay algunas notas —empezó diciendo Fournier.

—Cinco —dijo Poirot.

—De acuerdo..., cinco.

Y leyó lo que acababa de apuntarse en su cuaderno:

CL 52. Noble inglesa. Marido.
RT 362. Doctor. Harley Street.
MR 24. Antigüedades falsificadas.
XVB 724. Inglés. Estafa.
GF 45. Asesinato frustrado. Inglés.

—Magnífico, amigo —dijo Poirot—. Nuestros pensamientos marchan admirablemente de acuerdo. De todos los apuntes de ese librito, esos cinco me parecen los únicos que se relacionan con personas que viajaban en el avión. Vamos a examinarlos uno por uno.

—*Noble inglesa. Marido* —dijo Fournier—. Esto puede muy bien aplicarse a lady Horbury. Tengo entendido que es una jugadora empedernida. Nada más probable que haya tenido que pedir un préstamo a Giselle. Los clientes de Giselle pertenecen generalmente a esta clase de gente. O Giselle esperaba que el marido pagase las deudas de su mujer o poseía algún secreto de ésta que amenazaba con revelar al marido.

—Exacto —convino Poirot—. Una de las dos alternativas puede ser válida. Por mi parte me inclino por la segunda, con tanta más razón por cuanto apostaría a que la mujer que visitó a Giselle la víspera del viaje era lady Horbury.

—¡Ah! ¿Cree usted eso?

—Sí, y creo que usted piensa lo mismo. Me parece que en la actitud del portero hay algo de caballeresco. Su persistencia en no recordar nada de la visita es significativa. Lady Horbury es una dama muy bella. Además, observé que se sobresaltaba ligeramente cuando le enseñó la fotografía de la dama en traje de baño del *Sketch*. Sí, fue lady Horbury la señora que visitó a Giselle aquella noche.

—La siguió a París desde Le Pinet —dijo Fournier lentamente—. Según esto, debía de hallarse en una situación desesperada.

—Sí, sí; eso me figuro yo.

Fournier le dirigió una mirada curiosa.

—Pero esta cuestión no armoniza con sus sospechas, ¿verdad?

—Amigo, ya le dije que la pista de cuya seguridad estoy convencido no lleva a la persona deseada... Estoy en el limbo. Tengo la pista, pero...

—¿No quiere decirme en qué consiste?

—No, porque puedo equivocarme..., equivocarme de

medio a medio. Y en tal caso, podría inducirle a error. Trabajaremos cada uno según su inspiración. Continuemos examinando esos apuntes.

RT 362. Doctor. Harley Street.

—Una posible pista que nos llevaría al doctor Bryant. No nos revela gran cosa, pero tampoco debemos abandonar esta línea de investigación.

—Esta tarea corresponde, desde luego, al inspector Japp.

—Y a mí —dijo Poirot—. Yo también meto cuchara en ese plato.

—*MR 24. Antigüedades falsificadas* —leyó Fournier—. Aunque de lejos, bien podría esto relacionarse con los Dupont. Aunque no acabo de creerlo. Monsieur Dupont es un arqueólogo de prestigio mundial. Goza de inmejorable fama.

—Eso no haría más que allanarle el camino —observó Poirot—. Piense, mi querido Fournier, en la gran fama de que han gozado, los buenos sentimientos que han puesto de manifiesto durante su vida casi todos los estafadores de nota antes de ser descubiertos.

—Cierto, demasiado cierto —asintió Fournier con un suspiro.

—Una elevada reputación —dijo Poirot— es lo primero que necesita un estafador que se precie de listo. El tema es interesante, pero volvamos a nuestra lista.

—*XVB 724. Es muy ambiguo. Inglés. Estafa.*

—De poco nos servirá —convino Poirot—. ¿Qué estafa? ¿Un procurador? ¿Un empleado de banco? Cualquier hombre de confianza de una firma comercial. Pero raramente un escritor, un dentista o un doctor. Míster James Ryder es nuestro único representante de comercio. Él puede haber malversado fondos, puede haber tomado dinero a préstamo de Giselle para que no se le descubriese el robo. En cuanto al último apunte: *GF 45. Asesinato frustrado. Inglés*, he de decir que nos ofrece un ancho campo. El escritor, el dentista, el médico, el comerciante, el camarero, la peluquera, la dama de linaje o la joven provinciana, todos pueden ser *GF 45.* Sólo quedan excluidos los Dupont a causa de su nacionalidad.

Llamó al mozo con un ademán y le pidió la nota.

—¿Y adónde irá ahora, amigo? —inquirió.

—A la Sûreté. Tal vez tengan alguna noticia para mí.

—Bueno, le acompañaré. Luego he de llevar a cabo una pequeña investigación, en la que tal vez pueda usted ayudarme.

En la Sûreté, Poirot renovó sus relaciones con el director de Seguridad, a quien había conocido muchos años antes con motivo de uno de sus casos. Monsieur Gilles era muy afable y cortés.

—Encantado de saber que se interesa usted en este asunto, monsieur Poirot.

—¿Cómo no he de interesarme, monsieur Gilles, si sucedió todo en mis propias narices? ¡Es una vergüenza, ¿no le parece?, que Hércules Poirot duerma como un ceporro mientras a su lado se comete un crimen!

Monsieur Gilles, en gesto amistoso, movió la cabeza conciliatoriamente.

—¡Esos motores! En un día de mal tiempo el aparato no se mantiene muy fijo. Yo también me he sentido muy incómodo una o dos veces.

—Parece que todo un ejército le patee a uno el estómago —dijo Poirot—. Pero ¿por qué han de tener ninguna relación las circunvalaciones con el aparato digestivo? Cuando le acomete el *mal de mer*, Hércules Poirot es un hombre sin materia gris, orden ni método; ¡no es más que un individuo de raza humana en su estado primitivo! Y ahora que me acuerdo, ¿cómo está mi excelente amigo Giraud?

Fingiendo no haber oídos las palabras «y ahora que me acuerdo», monsieur Gilles replicó que Giraud seguía progresando en su carrera.

—Es muy celoso. Y trabaja de día y de noche infatigablemente.

—Siempre igual —dijo Poirot—. Siempre de un lado a otro. Tan pronto está aquí como allá y como acullá. Se le encuentra en todas partes. No se detiene a reflexionar ni un momento.

—¡Ah, monsieur Poirot! Ése es su lado flaco. Un hombre como Fournier se avendrá más con usted. Pertenece a la nueva escuela, que todo lo fía a la psicología. Podría gustarle.

—Me gusta, me gusta.

—Habla muy bien inglés. Por eso lo mandamos a Croydon a colaborar en ese asunto. Es un caso interesantísimo, monsieur Poirot. ¡Madame Giselle era muy conocida..., y en un aeroplano! ¡Figúrese! Dígame: ¿es posible que hay sucedido semejante cosa?

—Indudablemente, indudablemente. Hay para rascarse el cogote... ¡Ah! He aquí a nuestro buen Fournier. Ya veo que trae usted noticias.

El melancólico Fournier entraba con cara seria y dando muestras de agitación.

—Sí, las traigo. Un comerciante de antigüedades griego, Zeropoulos, ha denunciado la venta de una cerbatana y de flechas, realizada tres días antes del asesinato. Propongo, monsieur —dijo, inclinándose respetuosamente ante su jefe—, que se interrogue a ese hombre.

—¡No faltaba más! —exclamó Gilles—. ¿Quiere acompañarme, monsieur Poirot?

—Si ustedes me lo permiten —dijo Poirot—. Es interesante, muy interesante.

La tienda del señor Zeropoulos se hallaba en la rue Saint Honoré. Estaba muy lejos de ser una tienda de importancia. Había en ella artículos de Rhages y loza persa, dos o tres bronces de Louristan, abundancia de baratijas indias, anaqueles llenos de seda y bordados de varios países, y un surtido abundante de abalorios y objetos baratos de Egipto. Era uno de esos establecimientos en que se puede comprar por un millón un objeto que no vale más que medio, o por diez francos lo que apenas vale cincuenta céntimos. Era muy visitada por los turistas americanos y por los avezados en la materia.

El señor Zeropoulos era un hombre bajito, con los ojos negros y pequeños. Hablaba mucho y con parsimonia.

¿Los caballeros pertenecían a la policía? Estaba encantado de conocerlos. ¿Tendrían la bondad de pasar a su despacho interior? Sí, había vendido una cerbatana y flechas, una curiosidad de América del Sur, porque «como ustedes comprenderán, caballeros, yo vendo un poco de todo. Tengo mis especialidades. Me especializo en objetos de Persia. Monsieur Dupont, el excelente monsieur Dupont, responderá de mí. Siempre viene a ver mi colección, por si he adquirido algo nuevo, para juzgar la autenticidad de ciertas piezas dudosas. ¡Qué hombre! ¡Qué cerebro! ¡Qué vista! ¡Qué sentido! Pero me alejo del asunto. Tengo mi colección, que todos los entendidos conocen, y también tengo..., bueno, señores, francamente, lo que llamo hierro viejo. Claro que hierro viejo extranjero, un poco de todo: de Oceanía, de la India, de Japón, de Borneo. ¡De todas partes! Generalmente no pongo precio fijo a estas cosas. Si veo que le interesan a alguien, hago mis cálculos y pido un precio. Claro que no me dan lo que pido y al final cedo por la mitad. Y aun así, he de convenir que la ganancia es buena. Esos objetos los compro casi siempre a los marineros a precios muy bajos».

El señor Zeropoulos tomó aliento y prosiguió, satisfecho de sí mismo y de la importancia y fluidez de su relato.

—Hacía mucho tiempo que tenía esa cerbatana y las flechas, tal vez dos años. Estaban en esa bandeja, con una cofia de piel roja, unos símbolos de madera tallada y unos cuantos abalorios de escaso valor. Nadie lo veía, nadie fijaba la atención en aquello hasta que entró un americano y me preguntó qué era.

—¿Un americano? —interrumpió Fournier, vivamente.

—Sí, sí, un americano. No era uno de los más característicos, pero sí de esos que no saben nada y sólo quieren llevar un objeto curioso para la familia. Era de los que se dejan engañar en los bazares de Egipto y adquieren los más ridículos escarabajos sagrados que se fabrican en Checoslovaquia. Bien, lo cogí como quien dice al vuelo, le conté las costumbres de ciertas tribus y le hablé de los venenos que usan. Le comenté que era muy raro que objetos como aquéllos llegaran al mercado. Preguntó el precio y se lo dije. Esperaba que regateaese, pero me pagó sin rechistar. ¡Lástima! Hubiera podido pedir más. Le envolví la cerbatana. Pero luego, cuando leí en la prensa acerca de ese espantoso asesinato, empecé a pensar... Sí, me dio mucho que pensar, y decidí comunicar mis dudas a la policía.

—Le estamos muy agradecidos, señor Zeropoulos —dijo Fournier, cortésmente—. ¿Usted cree que podríamos identificar la cerbatana y la flecha? Ahora están en Londres, pero ya buscaríamos la oportunidad de que las viese.

—La cerbatana era así de larga —dijo el griego, señalando un espacio en el borde de la mesa— y así de recia, miren, como el mango de esta pluma. Era de un color claro. Había cuatro flechas, todas con púas muy agudas y descoloridas en la punta, con una pelusa de seda roja en cada una.

—¿Seda roja? —preguntó Poirot.

—Sí, monsieur. De un rojo un poco descolorido.

—Es curioso —dijo Fournier—. ¿Está seguro de que una de ellas no tenía un copo de seda negra y amarilla?

—¿Negra y amarilla? No, monsieur.

Fournier miró a Poirot, cuyo rostro se iluminaba con una sonrisa de satisfacción.

¿Por qué se alegraba el belga? ¿Porque el griego estaba mintiendo o por otra razón? Dijo en tono de duda:

—Es posible que la cerbatana y las flechas de este señor no hayan entrado para nada en el asunto. Acaso sólo haya una probabilidad contra cincuenta. De todos modos, me gustaría tener una descripción tan minuciosa como sea posible de ese americano.

—Era un americano como otro cualquiera. Tenía una voz nasal. No sabía hablar francés. Mascaba chicle. Llevaba gafas de montura de concha de tortuga. Era alto y flaco, y creo que no muy viejo.

—¿Moreno o rubio?

—No lo puedo asegurar. Llevaba puesto el sombrero.

—¿Lo reconocería usted si volviese a verlo?

Zeropoulos parecía dudar.

—No sé..., no sé... Entran y salen tantos americanos... No tenía nada de particular.

Fournier le mostró la colección de fotografías, sin resultado. El griego no creía que ninguno de aquéllos fuese el americano.

—Me parece que hemos errado el tiro —dijo Fournier al salir de la tienda.

—Es posible —le contestó Poirot—, aunque no lo creo. Hay algunos puntos de coincidente interés entre el hecho y las observaciones de Zeropoulos. Y si hemos errado el tiro, amigo, vamos a disparar otro.

—¿Dónde?

—En el bulevar de los Capuchinos.

—Déjeme pensar. Allí está...

—La oficina de la Universal Airlines.

—¡Ah, sí! Pero ya hemos hecho allí alguna indagación. No nos dijeron nada de interés.

Poirot le dio unos golpecitos en la espalda.

—Sí, bien, pero una contestación depende de la pregunta. Usted no sabe qué preguntar.

—¿Y usted lo sabe?

—Hombre, se me ocurre algo.

No quiso decir más y llegaron al bulevar de los Capuchinos.

La oficina era muy reducida. Un joven elegantemente vestido estaba detrás de un mostrador de lujoso aspecto y un muchacho de unos quince años se sentaba ante una máquina de escribir.

Fournier mostró su credencial y el joven, que se llamaba Jules Perrot, declaró estar enteramente a su disposición.

A instancias de Poirot, el muchacho recibió la orden de alejarse.

—Lo que tenemos que tratar es en extremo reservado —explicó.

Jules Perrot se manifestó agradablemente emocionado.

—Ustedes dirán, señores.

—Se trata del asesinato de madame Giselle.

—¡Ah, sí, ya recuerdo! Ya tuve el gusto de contestar algunas preguntas sobre el asunto.

—Cierto, cierto. Pero es preciso establecer los hechos con toda exactitud. Madame Giselle encargó que le reservasen una plaza..., ¿cuándo?

—Creo que esto se dejó ya claro. Encargó la plaza por teléfono el día 17.

—¿Para el servicio de las doce del día siguiente?

—Sí, señor.

—Pero me parece haber oído de labios de la doncella de madame que la reserva se hizo para el servicio de las 8.45.

—No..., no..., lo que pasó fue lo siguiente: la doncella de madame lo pidió para las 8.45, pero como todo estaba ya comprometido reservamos un asiento para el servicio del mediodía.

—¡Ah! Ya comprendo, ya comprendo.

—Sí, señor.

—Comprendo..., comprendo..., pero no deja de ser curioso..., no deja de ser curioso.

El empleado lo miró con atención.

—No es más que un amigo mío, que tuvo que decidir el viaje a Inglaterra de una manera urgente, tomó el correo de las 8.45 y el avión estaba medio vacío.

Monsieur Poirot se volvió a mirar unos papeles y se sonó la nariz.

—Es posible que su amigo se haya equivocado de día, que fuese un día antes o un día después...

—Nada de eso. Fue el día del asesinato, puesto que dice que si hubiese perdido aquel vuelo, como estuvo a punto de suceder, habría sido uno de los pasajeros del *Prometheus*.

—¡Ah! Sin duda. Muy curioso. Claro que siempre hay quien llega tarde, y entonces sí que hay puestos vacantes... y a veces hay equivocaciones. He de ponerme en comunicación con Le Bourget; no siempre vigilan lo debido.

La inocente mirada de Poirot pareció que turbaba a Jules Perrot, porque se calló en seco. Sus ojos se desviaron y en su frente brotaron gotas de sudor.

—Da explicaciones admisibles —dijo Poirot—, pero, no sé por qué, me parece que no lo explica todo. ¿No le parece que sería mucho mejor ponerlo definitivamente en claro?

—¿Qué hemos de poner en claro? No comprendo bien.

—Vamos, vamos. Me comprende usted perfectamente. Es un caso de asesinato..., de asesinato, monsieur Perrot. Haga el favor de no olvidarlo. Si se muestra reservado, la cosa puede ser muy seria para usted..., muy seria. La policía puede tomar graves medidas. Pone usted obstáculos en el camino de la Justicia.

Jules Perrot se le quedó mirando, con la boca abierta y temblándole las manos.

—Vamos —dijo Poirot, con voz autoritaria y dura—. Necesitamos una información exacta. Haga el favor. ¿Cuánto le pagaron y quién le pagó?

—Yo no quise perjudicar a nadie... No tenía la menor idea... ¿Cómo iba a sospechar...?

—¿Cuánto y quién?

—Cinco mil francos. No conocía al individuo aquel. ¡Ah! Esto será mi perdición.

—Lo que le perderá es no hablar. Vamos, ya sabemos lo peor. Díganos ahora cómo sucedió.

Sudando a mares, Jules Perrot habló precipitadamente y a borbotones:

—No quise hacer daño... Juro por mi honor que no quise hacer daño. Vino a verme un hombre. Dijo que se marchaba a Inglaterra al día siguiente. Quería negociar un préstamo con madame Giselle, pero deseaba que su entrevista no fuese premeditada. Pensaba que así tendría más éxito. Dijo que sabía que también ella iba a Inglaterra al día siguiente. Yo sólo tenía que decirle que todas las plazas del primer vuelo estaban ocupadas y reservarle el asiento número 2 en el *Prometheus*. Les juro, señores, que no sospeché nada malo. Pensé que a la señora le sería igual una hora que otra. Los americanos son así..., hacen negocios de la manera más conveniente...

—¿Los americanos? —preguntó Fournier.

—Sí, aquel señor era americano.

—Descríbanoslo.

—Era alto, encorvado, de cabello gris, gafas con montura de cuerno y perilla.

—¿Encargó también él un asiento?

—Sí, señor. El número 1, al lado del que tenía que reservar para madame Giselle.

—¿Con qué nombre?

—Con el de Silas... Silas Harper.

Poirot movió la cabeza lentamente.

—No había ningún viajero con ese nombre y nadie ocupó el asiento número 1.

—Ya vi en los periódicos que faltaba ese nombre. Por eso pensé que no hacía falta delatar el hecho, ya que aquel hombre no viajó en el avión.

Fournier le lanzó una mirada fría.

—Se calló usted una información de gran valor para la policía. Eso es muy serio.

Y él y Poirot salieron de la oficina, dejando a Jules Perrot mirándolos con cara de espanto.

Ya en la acera, Fournier se quitó el sombrero y se inclinó ante su amigo.

—Le felicito, monsieur Poirot. ¿Cómo se le ha ocurrido esa idea?

—Atando dos cabos sueltos. Esta mañana he oído decir a un señor que el avión que había cruzado el Canal en el primer servicio de aquel día iba casi vacío. El otro cabo me lo dio Elise, al decir que reservó un asiento para el primer viaje y le contestaron que no había sitio. Estos dos puntos no armonizaban. Recordé haber oído decir al camarero del *Prometheus* que había visto algunas veces a madame Giselle durante el primer servicio, de lo que deduje que la prestamista solía viajar en el vuelo de las 8.45.

»Pero alguien tenía interés en que hiciera el viaje a mediodía... Alguien tenía sus designios fijados para el viaje del *Prometheus*. ¿Por qué dijo el empleado que el primer servicio estaba completamente reservado? ¿Fue una equivocación o una mentira deliberada? Sospeché lo segundo... y no me equivoqué.

—Este caso se va haciendo cada vez más interesante —dijo Fournier—. Al principio parecía que seguíamos la pista de una mujer. Ahora resulta que es un hombre. Ese americano...

Se calló para mirar a Poirot.

Éste movió la cabeza con lentitud.

—Sí, amigo —dijo—, ¡es fácil pasar por americano aquí en París! Basta con tener un acento nasal y mascar chicle. Y si uno lleva gafas con montura de cuerno y una perilla ya es el prototipo de un americano.

Sacó del bolsillo la página arrancada del *Sketch*.

—¿Qué mira usted? —preguntó Fournier.

—Una condesa en traje de baño.

—¿Usted cree que...? Pero no, es pequeña, encantadora, frágil..., no puede presentarse como un americano alto y encorvado. Ha sido actriz, sí, pero está fuera de duda que pueda representar semejante papel. No, amigo. La idea no cuaja.

—Nunca he dicho que cuajase —replicó Hércules Poirot.

Y siguió examinando detenidamente la fotografía.

Capítulo 12

En Horbury Chase

Lord Horbury se detuvo distraídamente frente al aparador para servirse el desayuno.

Stephen Horbury era un joven de veintisiete años de frente estrecha y carrillos largos que si bien le prestaban un decisivo aspecto de deportista decían muy poco en favor del hombre inteligente. Era cordial, un poco afectado, leal como él solo y obstinado como el que más.

Cuando tuvo el plato lleno, volvió a la mesa y empezó a comer. Abrió un periódico, pero enseguida frunció el ceño y lo apartó a un lado. También apartó el plato inacabado, tomó un poco de café y se levantó. Permaneció un momento indeciso y luego, moviendo ligeramente la cabeza, salió del comedor, cruzó el vestíbulo y subió al piso. Llamó a una puerta y esperó un minuto. De dentro le llegó una voz atiplada:

—Adelante.

Lord Horbury entró.

Era un dormitorio amplio y lujoso que daba al sur. Cicely Horbury estaba en la cama, un mueble isabelino de roble tallado. Envuelta en su ropa íntima de color rosa y con aquellos rizos rubios estaba adorable. En una mesita había una bandeja con los restos del desayuno. En aquel momento se ocupaba de abrir las cartas, mientras su doncella se movía de un lado a otro.

A cualquier hombre se le hubiera acelerado la respiración ante tanta belleza, pero la visión de su encantadora mujer no afectó para nada a lord Horbury.

Hubo un tiempo, tres años atrás, en que la impresionante belleza de su Cicely le hacía perder la cabeza. La amaba apasionadamente, con verdadera locura. Sin embargo, todo aquello había acabado. Había perdido el juicio, pero lo volvió a recobrar.

Lady Horbury dijo, afectando sorpresa:

—¿Qué hay, Stephen?

—Quiero hablarte a solas —dijo él, con aspereza.

—Madeleine —llamó lady Horbury, dirigiéndose a su doncella—. Deja todo eso. Retírate.

—*Très bien, m'lady* —dijo la francesa. Y tras una mirada de reojo a lord Horbury salió del dormitorio.

Lady Horbury levantó sus hermosos hombros.

—Hablemos, ¿por qué no?

—¿Por qué no? Me parece a mí que hay muy buenas razones.

—¡Oh! Razones... —murmuró su mujer.

—Sí, razones. Recordarás que, tal como se han puesto las cosas entre los dos, convinimos en no llevar adelante esta farsa de vivir juntos. Tú debías quedarte en la casa de la ciudad y tendrías una espléndida, exageradamente espléndida pensión. Dentro de ciertos límites, habías de llevar tu propia vida. ¿Por qué has vuelto así, tan de repente?

Cicely se encogió de nuevo de hombros.

—Esto me pareció... mejor.

—¿Supongo que será por un tema de dinero?

—¡Dios mío! —exclamó su mujer—. ¡Qué odioso eres! ¡No hay un hombre tan mezquino como tú!

—¿Mezquino? ¿Mezquino dices cuando por tus insensatas extravagancias pesa una hipoteca sobre Horbury?

—¡Horbury! ¡Esto es cuanto te inquieta! Los caballos, la caza, las cosechas y esos fastidiosos granjeros. ¡Qué vida para una mujer!

—Algunas estarían satisfechas con ella.

—Sí, mujeres como Venetia Kerr, que parece una yegua. Tú tenías que haberte casado con una mujer así.

Lord Horbury se acercó a la ventana.

—Es demasiado tarde para eso. Me casé contigo.

—Y no puedes descasarte —dijo Cicely. Y su risa sonó llena de música—. Te gustaría separarte de mí, pero no puedes.

—¿Para qué hablar de eso?

—Te lo prohíbe Dios, y estás chapado a la antigua. ¡Lo que se ríen mis amigos cuando les cuento las cosas que dices!

—Que se rían cuanto quieran. ¿No deberíamos volver al origen de nuestra conversación? Discutíamos la razón que has tenido para venir aquí.

Pero su mujer no se dejó llevar a donde él quería.

—Anunciaste en la prensa que no te harías responsable de mis deudas. ¿Te parece eso propio de caballeros?

—Siento haber tenido que dar ese paso. Recordarás que te lo advertí con tiempo. Pagué por ti dos veces. Pero todo tiene sus límites. Tu insensata pasión por el juego... Bien, ¿para qué discutir? Quiero saber por qué de pronto vienes a Horbury. Siempre odiaste esta casa porque te aburrías como una ostra.

—Pues ahora me siento mejor aquí —dijo ella con cara hosca.

—¿Mejor ahora? —repitió él pensativamente. Y le espetó esta pregunta—: Cicely, ¿has tomado dinero prestado de esa vieja prestamista francesa?

—¿De quién? No sé qué quieres decir.

—Sabes perfectamente a quién me refiero. Hablo de la mujer a quien asesinaron en el vuelo que salió de París y en el que tú venías a casa. ¿Le has pedido dinero prestado?

—No, claro que no. ¡Qué ocurrencia!

—No gastes bromas con esto, Cicely. Si esa mujer te

prestó dinero más vale que me lo digas. Ten presente que ese asunto aún no está puesto en claro. El jurado emitió veredicto de asesinato cometido por una o más personas desconocidas, y la policía de los dos países está trabajando en busca de la verdad. Esa mujer debió de dejar notas sobre los préstamos. Si se descubre que tuviste alguna relación con ella valdrá más que estemos preparados y aconsejados por un buen abogado.

—¿Acaso no presté declaración ante aquel maldito tribunal diciendo que nunca había visto a aquella mujer?

—No creo que eso pruebe nada —replicó el marido secamente—. Si tuviste tratos con Giselle puedes estar segura de que la policía lo descubrirá.

Cicely se incorporó en el lecho.

—¿Serías capaz de creer que la maté, que me levanté del asiento y le arrojé una flecha con la cerbatana? ¡Qué caso tan estúpido!

—Sí, parece un caso de locos —convino él pensativamente—. Pero hazte cargo de tu situación.

—¿Qué situación? No hay situación que valga. No crees una palabra de cuanto te digo. ¿Por qué de pronto te muestras tan intranquilo respecto a mí? Como si te importase mucho lo que pueda sucederme. Me odias y te alegrarías de verme muerta mañana mismo. ¿A qué viene esa comedia?

—¿No exageras un poco? Aunque me creas muy anticuado, aún me preocupa el buen nombre de mi familia y tengo muy arraigados unos sentimientos que tú desprecias. Pero ya hemos hablado bastante.

Y girando sobre sus talones salió del dormitorio.

Las sienes le latían con violencia. Los pensamientos se atropellaban en su mente:

«¿Antipatía? ¿Odio? Sí, es verdad. ¿Me alegraría que muriese mañana mismo? ¡Dios mío! Sí. Me sentiría como un recién salido de presidio. ¡Qué fastidiosa es la vida! Cuando la conocí en el Do It Now, ¡qué muchacha tan adorable me pareció! ¡Tan hermosa, tan buena...! ¡Locuras de juventud! Me volví loco, me sorbió el seso... Me parecía ver en ella reunidas todas las prendas que adornan a una mujer, y no obstante ya era lo que es ahora: vulgar, viciosa, adusta, tonta..., ni guapa me parece ya».

Silbó a un perro de aguas que levantó la cabeza para mirarlo con ojos de adoración.

—Hola, *Betsy* —dijo Horbury, refregándole las orejas. Y pensó: «No es una comparación justa llamar perra a una mujer. Un perrito como tú, *Betsy*, vale más que todas las mujeres que he conocido juntas».

Embutiéndose la cabeza en un sombrero viejo de pescador, salió de la casa acompañado de su perro.

Un paseo por su vasta propiedad le calmó poco a poco los nervios. Golpeó el cuello de su caballo favorito de un modo cariñoso, cruzó unas palabras con un mozo de cuadra, llegó a la granja y estuvo un rato de palique con la mujer del granjero. Caminaba por un sendero estrecho con *Betsy* a sus talones cuando encontró a Venetia Kerr montada en su yegua baya.

Montada a caballo, Venetia le parecía aún más bonita. Lord Horbury la contempló con admiración y afecto y con un vivo sentimiento de familiaridad.

—¡Hola, Venetia!

—¡Hola, Stephen!

—¿Paseando a la yegua?

—Sí, ¿no te parece que crece muy hermosa?

—De primera. ¿Has visto la potranca que compré en la feria de Chattisley? —Estuvieron hablando un buen rato de caballos y luego dijo él—: Cicely está aquí.

—¿Aquí, en Horbury?

Aunque Venetia se esforzó por no manifestarse sorprendida, no logró esconder cierta turbación que se reveló en su acento.

—Sí. Volvió anoche. —Se produjo un silencio embarazoso. Luego él dijo—: Tú también estuviste en la investigación judicial, Venetia. ¿Cómo... fue?

Ella reflexionó un momento y contestó:

—Bien, nadie dijo gran cosa.

—¿No sacó nada en limpio la policía?

—Nada.

—Debió de ser un asunto bastante desagradable para ti.

—No puedo decir que me gustase, pero tampoco tengo motivos para quejarme. El juez de instrucción se portó de una manera muy decente.

Stephen pasó distraídamente la mano por un seto mientras decía:

—Oye, Venetia, no lo digo por nada, pero... ¿no tienes alguna idea respecto al autor de aquello?

Venetia Kerr movió la cabeza dulcemente.

—No —dijo. Y se calló, buscando una fórmula prudente para exponer su pensamiento. Acabó lanzando una risita—. De todos modos, sé que no fuimos ni Cicely ni yo. Ella me hubiera visto y yo a ella.

Stephen también rio.

—Así ya estoy tranquilo —dijo alegremente.

Lo dijo como en broma, pero ella observó que se aliviaba de un peso. De modo que estaba preocupado... Se abstuvo de expresar su pensamiento.

—Venetia —dijo Stephen—, hace mucho tiempo que nos conocemos, ¿verdad?

—Sí, mucho. ¿Te acuerdas de cuando íbamos a aquellas clases de bailes infantiles?

—¿Cómo no voy a acordarme? Por eso creo que puedo hablarte sinceramente...

—Claro que puedes —dijo ella. Y después de una corta vacilación añadió fingiendo indiferencia—: ¿Quieres hablarme de Cicely?

—Sí. Dime, Venetia: ¿estaba Cicely relacionada de algún modo con esa Giselle?

Venetia contestó lentamente:

—No lo sé. Recuerda que he estado en el sur de Francia. Aún no sé lo que pasó en Le Pinet.

—¿Tú qué piensas?

—Bueno, sinceramente..., no me sorprendería...

Stephen movió la cabeza. Venetia observó, conciliadora:

—¿Por qué te inquietas? ¿No vivís casi separados? Ese asunto sería cosa exclusivamente suya.

—Mientras sea mi mujer también a mí me concierne.

—¿No podrías pedir el divorcio?

—¿Dar un escándalo? No sé si ella aceptaría.

—¿Te divorciarías si se te presentase una oportunidad?

—Si tuviera motivo, sin duda alguna.

—Supongo —dijo la mujer, pensativa— que ella estará enterada.

Guardaron silencio. Venetia pensaba: «¡Esa mujer tiene la moral de los gatos! La conozco muy bien. Pero se anda con cuidado. Las mata callando».

Y añadió en voz alta:

—¿De modo que no hay remedio?

Él movió la cabeza y dijo:

—Si estuviera libre, Venetia, ¿te casarías conmigo?

Mirándolo fijamente por entre las orejas de la yegua, Venetia contestó con acento de fingida indiferencia:

—Supongo que sí.

¡Stephen! Siempre había amado a Stephen, desde que iban juntos a las clases de danzas infantiles y a buscar nidos. Y él siempre la había querido, aunque no lo bastante como para no caer como un ciego en las zarpas de aquella gata calculadora, a quien conoció cuando era una corista...

—¡Qué bien podríamos vivir juntos!... —insinuó Stephen.

Y por su imaginación pasó un cuadro maravilloso: té y magdalenas, olor a tierra mojada y a heno, hijos... Todo lo que Cicely dejaría siempre de compartir con él. Se le humedecieron los ojos de ternura. Luego oyó que Venetia le decía con aquella voz exenta de emoción:

—Si tú quisieras, Stephen..., ¿qué te parece? Si nos marchásemos los dos, Cicely tendría que divorciarse...

La interrumpió enojado.

—¡Dios mío! ¿Te he dado yo motivo para pensar algo así?

—A mí no me importaría.

—A mí sí.

Stephen habló con tal resolución que Venetia pensó: «Así es él. Una lástima, realmente. Está lleno de prejuicios, pero es simpático. No me gustaría que cambiase».

Y en voz alta:

—Bueno, Stephen, hasta la vista.

Espoleó ligeramente a su cabalgadura y al volverse a saludar a Stephen en despedida se cruzaron sus miradas; en la de ella podía leerse el sentimiento que cuidadosamente había disimulado.

Al volver un recodo del camino, Venetia dejó caer el látigo. Un caballero que pasaba se lo recogió, para devolvérselo con una reverencia exagerada.

«Un forastero —se dijo ella al darle las gracias—. Me parece que conozco esa cara.»

Y mentalmente repasó sus recuerdos de aquel verano pasado en Juan-les-Pins; estaba demasiado distraída pensando en Stephen.

Sólo poco antes de llegar a casa le acudió de repente a la memoria una imagen algo grotesca que le arrancó una exclamación ahogada:

—El hombrecillo que me cedió su asiento en el avión. Y en el tribunal dijeron que era un detective. ¿Qué se le habrá perdido por aquí?

Capítulo 13

En la peluquería de señoras

Jane se presentó en el establecimiento de peluquería, un poco alterada de los nervios. El dueño, que le daba su nombre de Antoine, aunque en realidad se llamaba Andrés Leech, y que no tenía de extranjero más que el ser judío por parte de madre, la recibió de mal talante.

En un lenguaje que se diferenciaba poco del usado en los barrios bajos de Londres, trató a Jane de imbécil. ¿Qué falta le hacía volver en avión? ¡Qué ocurrencia! Aquella fuga al extranjero haría mucho daño a su establecimiento.

Cuando desahogó su malhumor, permitió que Jane se retirase, y al hacerlo ésta notó que su amiga Gladys le dirigía un guiño muy significativo.

Gladys era una rubia vaporosa de porte altivo y una voz desfallecida, muy poco apropiada para su profesión.

—No hagas caso, querida —le dijo a Jane—. Ese viejo brujo está sobre la tapia esperando a ver de qué lado salta el gato. Y me parece que no saltará del lado que él espera. Calla, calla, querida, que ya está aquí esa maldita arpía. ¡Qué pesada! ¡Supongo que me dará veinte berrinches, como siempre! Y menos mal si no trae a su perro faldero, que el diablo se lleve.

Poco después se oía la voz meliflua de Gladys:

—Buenos días, señora. ¿No trae a su lindo pequinés? Procederemos a lavarle la cabeza y en un momento estará con usted monsieur Henri.

Jane acababa de entrar en el departamento contiguo, donde esperaba sentada una señora de cabello castaño que se miraba al espejo y decía a una amiga:

—Querida, tengo una cara verdaderamente espantosa esta mañana. Esto es...

La amiga, que estaba hojeando aburridamente un ejemplar del *Sketch* de tres semanas antes, replicó sin ningún interés:

—¿Te parece a ti? Yo no te noto el menor cambio. Estás tan guapa como siempre.

Al entrar Jane, la amiga aburrida cerró la revista para fijarse detenidamente en la empleada.

Luego dijo:

—Es ella. Estoy segura.

—Buenos días —saludó Jane con aquel aire desenvuelto que le era propio y que no le costaba el menor esfuerzo—. Hacía mucho tiempo que no la veíamos por aquí. Supongo que ha estado en el extranjero.

—En Antibes —dijo la del cabello castaño, mirando a su vez con el más franco interés.

—¡Qué maravilla! —exclamó Jane con fingido entusiasmo—. Dígame, ¿lavar y marcar o desea teñir?

La aludida se distrajo un momento de la contemplación de la joven para examinar su cabello.

—Creo que podrá pasar otra semana. ¡Dios mío! ¡Parezco un esperpento!

La amiga observó:

—Bien, querida, ¿qué quieres parecer a estas horas de la mañana?

Jane advirtió:

—¡Ah! Espere a que monsieur Georges acabe con usted.

—Dígame —inquirió la señora, volviendo a mirarla—, ¿no es usted la muchacha que prestó declaración ayer en la investigación judicial... la que iba de pasajera en el avión?

—Sí, señora.

—¡Qué emocionante! Cuénteme cómo fue.

Jane hizo cuanto pudo por complacerla.

—¡Ah!, señora, aquello fue espantoso...

Empezó a contar la historia, interrumpiendo su relato para contestar las preguntas que se le hacían. ¿Cómo era la víctima? ¿Era cierto que en el avión viajaban dos detectives franceses y aquel caso era una ramificación del escándalo del Gobierno francés? ¿Estaba también lady Horbury? ¿Era tan bella como todo el mundo decía? ¿Quién pensaba Jane que había cometido el asesinato? ¿Era verdad que el Gobierno francés había echado tierra sobre el asunto?

Este interrogatorio no fue más que el prólogo de muchos otros, todos por el estilo. Las señoras querían los servicios de la muchacha que estuvo en el avión para poder decir a sus amigas: «Querida, es extraordinario. La empleada de mi peluquero es la muchacha... Ah, sí, yo de ti iría; la peinan a una admirablemente... Jane, como se llama esa chica..., es guapísima, con unos ojos grandes. Te lo contará todo si se lo preguntas con buenos modales».

Pero al cabo de una semana Jane no podía ya con los nervios. A veces le parecía que como siguieran preguntándole no podría contenerse y se pondría a golpear la cabeza de la impertinente con las tenacillas.

No obstante, prefirió calmar sus nervios de otro modo. El fin de la semana se presentó a monsieur Antoine y con todo descaro le pidió un aumento de sueldo.

—¿Ésas tenemos? ¿Cómo se atreve a pedirme un aumento cuando sólo por mi buen corazón la tolero en mi casa después de estar complicada en un caso de asesinato? Muchos amos menos bondadosos que yo la hubieran despachado inmediatamente.

—No me venga con esos cuentos —replicó Jane—. Bien sabe usted que atraigo y aumento la clientela. Si quiere que me marche, me marcharé. Me será fácil obtener lo que pido en Richet o en cualquier otra peluquería.

—¿Y quién sabrá que está usted allí? ¿Qué importancia tiene usted?

—Durante la investigación conocí a unos periodistas. Uno de ellos publicaría mi cambio de establecimiento y me proporcionaría toda la publicidad necesaria.

Sabiendo que esto era muy posible, monsieur Antoine accedió, aunque a regañadientes, a la petición de Jane. Gladys elogió la decisión de su amiga.

—Bien hecho, querida —le dijo—. Ese judío no ha podido contigo en esta ocasión. Si las muchachas no enseñásemos los dientes de vez en cuando no sé adónde iríamos a parar. Has demostrado tener valor, querida, y por eso te admiro.

—Sé defenderme con mis propias fuerzas —dijo Jane, levantando su barbilla en actitud de reto—. Toda la vida he tenido que luchar.

—No creo que tengamos que temer nada del jefe por lo que has hecho. Aún te respetará más de ahora en adelante. Las delicadezas no sirven para nada en la vida. No nos preocupemos más.

Desde aquel día, Jane repetía la misma historia con ligeras variantes, como una actriz repite cada día su papel en el escenario.

La comida y el teatro concertados con Norman Gale tuvieron efecto a su debido tiempo. Fue una de esas noches encantadoras en que cada palabra y cada confidencia son la revelación de una mutua simpatía y de gustos comunes.

Los dos amaban a los perros y detestaban a los gatos, comían ostras y se entusiasmaban con el salmón ahumado; admiraban a Greta Garbo y criticaban a Katharine Hepburn; odiaban a las mujeres gordas y preferían a las morenas; sentían desprecio por las uñas demasiado rojas; les molestaban el ruido, los restaurantes muy concurridos y la música de negros. Preferían los veloces automóviles al metro.

Parecía un milagro que dos personas tuviesen tantos gustos comunes.

Un día, al abrir Jane el bolso en la peluquería de Antoine, dejó caer una carta de Norman. Al recogerla un poco ruborizada oyó que Gladys decía a su lado:

—¿Quién es tu novio, querida?

—No sé qué quieres decir —replicó Jane, poniéndose aún más roja.

—¡No me digas! Bien se ve que esa carta no es del tío de tu madre. No nací ayer, Jane. ¿Quién es él?

—Uno..., un joven que conocí en Le Pinet. Es dentista.

—¡Un dentista! —pronunció Gladys con ligero acento de disgusto—. Supongo que tendrá una dentadura muy blanca y que sabrá sonreír.

Jane se vio obligada a admitir que así era.

—Tiene una cara bronceada y unos ojos azules.

—Cualquiera puede tener la cara bronceada —dijo Gladys—; basta una temporada de playa o una botella de tintura comprada en la farmacia. Los ojos están bien si son azules. ¡Pero dentista! Cuando vaya a besarte creerás que te dice: «Haga el favor de abrir un poco más la boca».

—No seas idiota, Gladys.

—No te lo tomes tan a pecho, querida. Ya veo que te has molestado. Sí, míster Henry, voy al momento... ¡Qué hombre tan antipático! Nos manda a todas como si fuese un dios omnipotente.

La carta era una invitación a cenar juntos la noche del sábado. Cuando aquel mediodía Jane recibió su aumento de sueldo se sintió llena de alegría.

«¡Y pensar que estaba tan preocupada cuando volvía aquel día en el avión! Todo me ha salido estupendamente. Que digan lo que quieran, la vida es una maravilla», se dijo.

Tan alegre estaba que decidió celebrarlo y comer en un restaurante de primera, para gozar de música durante la comida.

Se sentó a una mesa de cuatro asientos, ocupada ya por una señora de mediana edad y un joven. La señora estaba acabando su comida, y cuando Jane se sentó pidió la cuenta, recogió unos objetos y se marchó.

Jane, siguiendo su costumbre, leía una novela mientras comía. Al levantar la vista, mientras volvía una página, vio que el joven que se sentaba frente a ella la miraba fijamente y de repente notó que aquella cara no le era desconocida.

En aquel mismo instante, el joven saludó con una inclinación de cabeza.

—Perdone, mademoiselle, ¿no me reconoce usted?

Jane lo miró con más atención. El joven tenía cara de buen muchacho, más atractiva por su viveza que por la gracia de sus facciones.

—Es verdad que no nos han presentado —prosiguió el joven—, a no ser que equivalga a una presentación el hecho de habernos encontrado juntos mientras se cometía un asesinato y después de haber declarado los dos ante el mismo tribunal.

—Claro que sí —dijo Jane—. ¡Qué torpe soy! Ya pensaba yo que lo reconocía. Es usted...

—Jean Dupont —aclaró él haciendo una reverencia casi cómica.

Recordó un dicho de Gladys, expresado acaso con menos delicadeza:

«Si te sigue un hombre, puedes estar segura de que te sigue otro detrás. Parece una ley natural. A veces son tres o cuatro».

Jane había llevado siempre una vida austera y de trabajo. Se la conocía como una muchacha lista y divertida, pero sin amigos. Ahora parecía que los hombres acudían a ella como las moscas a la miel. No había duda de que Jean Dupont ponía de manifiesto algo más que un interés de mera cortesía. Se le veía satisfecho de hallarse en la misma mesa frente a Jane. Más que satisfecho, estaba encantado.

Jane pensó con cierto recelo:

«Después de todo es francés. Hay que estar alerta con los franceses. Todos dicen lo mismo».

—¿De modo que está usted todavía en Inglaterra? —preguntó luego, maldiciendo en silencio la estupidez de tal pregunta.

—Sí. Mi padre ha ido a Edimburgo para dar una conferencia y hemos visitado a algunos amigos. Pero mañana volvemos a Francia.

—Ya comprendo.

—¿La policía aún no ha detenido a nadie?

—No, estos días ni siquiera los periódicos dicen nada. Tal vez hayan abandonado el asunto.

Jean Dupont movió la cabeza.

—No lo crea. No pueden abandonarlo. Trabajan en silencio, en secreto.

—No me diga eso —rogó Jane, contrariada—. Se me pone la piel de gallina.

—Es verdad, no es muy agradable recordar que se ha estado tan cerca de donde se ha cometido un crimen... —y añadió—: Y yo aún estaba más cerca que usted. A veces me estremezco al pensarlo.

—¿Quién piensa usted que cometió el crimen? —preguntó Jane—. Yo he pensado mucho en eso.

Dupont se encogió de hombros.

—Yo no fui. Era demasiado fea.

—Bien —dijo Jane—; me parece que antes mataría usted a una mujer fea que a una guapa.

—De ningún modo. De una mujer hermosa se puede uno enamorar, y si se ve mal correspondido siente uno celos, pierde la cabeza y piensa: «La mataré. Será una satisfacción».

—¿Y es una satisfacción?

—Eso, mademoiselle, no lo sé porque no lo he probado aún. —Se echó a reír y luego movió la cabeza—. Pero

¿quién se iba a molestar en matar a una mujer fea como Giselle?

—Bueno, es una forma de verlo —dijo Jane frunciendo el ceño—. Es terrible pensar que quizá fue una belleza en su juventud.

—De acuerdo, de acuerdo —convino él, poniéndose muy serio—. Ésa es la tragedia de la vida, que las mujeres envejezcan.

—Parece usted muy preocupado por las mujeres de buen ver.

—Claro. Eso es lo más interesante del mundo. A usted le sorprende porque es inglesa. Un inglés piensa ante todo en su trabajo, en sus negocios; luego en sus deportes, y después, mucho después, en su mujer. Sí, sí, es como le digo. Figúrese que en un humilde hotel de Siria había un inglés cuya mujer se había puesto enferma. Él tenía que hallarse un día determinado no sé en qué parte del Irak. *Eh bien*, ¿querrá usted creer que abandonó a su mujer para llegar a tiempo a donde le llamaba su deber? Y tanto él como su mujer encontraron aquello muy natural, pensaron que era lo más noble, lo más abnegado. Una mujer, un ser humano, es antes que todo; cumplir con el trabajo es menos importante.

—No lo sé —dijo Jane—. Supongo que el trabajo debe ser antes que nada.

—Pero ¿por qué? ¡Vaya, tiene usted el mismo concepto de las cosas! Trabajando gana uno dinero. Descansando y atendiendo a una mujer, lo gasta. De modo que lo último es noble, más ideal que lo primero.

Jane rio.

—Oh, bien —dijo—, en cuanto a mí, prefiero ser considerada como un mero y autoindulgente lujo que como un deber. Me gustaría más un hombre que se divirtiera conmigo, que no me mirase como a un deber que hay que cumplir.

140

—Nadie, mademoiselle, sería capaz de sentir eso con usted.

Jane se ruborizó ante la seriedad del tono del joven, que se apresuró a añadir:

—Sólo había estado antes una vez en Inglaterra. El otro día, durante la investigación, fue para mí muy interesante poder examinar detenidamente a tres mujeres tan jóvenes como encantadoras, aunque tan distintas entre sí.

—¿Qué pensó usted de nosotras? —preguntó Jane con interés.

—De lady Horbury... ¡Bah! Conozco muy bien a ese tipo de mujer. Es muy exótica, muy cara. Es de esas señoras que se ven en la mesa de bacarrá..., de cara fláccida y una expresión dura que da idea de lo que será al cabo de diez o quince años: una ruina. No viven más que para divertirse en las grandes playas, tal vez para tomar narcóticos... En el fondo, ¡no tienen el menor interés!

—¿Y miss Kerr?

—¡Ah! Es muy inglesa. Es de esas mujeres a quienes los tenderos de la Riviera concederían un crédito ilimitado. Sus ropas son de un corte irreprochable, pero parecen de hombre. Anda como si el mundo le perteneciera. No hace alarde de su aplomo; sencillamente es inglesa. Sabe de qué parte del país procede la gente más diversa. Es verdad. Yo he oído a una como ella en Egipto decir: «¡Cómo! ¿Aquí están también los Etcéteras? ¿Los Etcéteras de Yorkshire? ¡Oh! Los Etcéteras de Shropshire».

Remedaba bien el acento. Jane se echó a reír.

—Y luego... yo —dijo Jane.

—Y luego usted. Y yo me dije: «¡Qué bien, qué requetebién estaría que me la volviese a encontrar un día!». Y heme aquí sentado a su lado. A veces los dioses disponen muy bien las cosas.

Jane preguntó:

—Es usted arqueólogo, ¿verdad? ¿Hace excavaciones?

Y Jane escuchó con extraordinaria atención el relato que Jean Dupont le hizo de su trabajo, hasta que por fin le interrumpió lanzando un suspiro:

—Ha estado usted en muchas partes. ¡Cuántas cosas habrá visto! ¡Yo nunca he estado en ninguna parte ni he visto apenas nada!

—¿Le gustaría viajar a países remotos? No podría rizarse el cabello, téngalo presente.

—Se me riza solo —aclaró Jane, riéndose satisfecha.

Miró el reloj de pared y apresuradamente pidió la cuenta.

Jean Dupont dijo, un tanto embarazado:

—Mademoiselle, no sé si hago bien en permitirme... Como ya le he dicho, vuelvo a Francia mañana... Si quisiera usted cenar conmigo esta noche...

—¡Qué lástima! No puedo. Estoy invitada para esta misma noche.

—¡Ah! Lo siento mucho, muchísimo. ¿Volverá usted pronto a París?

—No, no lo creo.

—¡Yo tampoco sé cuándo volveré a Londres! ¡Qué lástima!

Y retuvo un buen rato la mano de Jane en la suya.

—Deseo con toda mi alma volver a verla —le dijo en un tono de absoluta sinceridad.

Capítulo 14

En Muswell Hill

$\mathbf{M}$ientras salía Jane de la peluquería de Antoine, Norman Gale estaba diciendo en un tono profesionalmente amable:

—Me temo que está un poco sensible... Avíseme si le hago daño...

Sus manos expertas manejaban el taladro dental con suma pericia.

—Bueno. Ya lo tenemos. ¿Miss Ross?

Miss Ross se le acercó de inmediato batiendo una mezcla blancuzca en un recipiente.

Norman Gale acabó de rellenar el hueco y dijo:

—Déjeme ver... ¿Puede venir el martes para las otras?

La paciente se enjuagó la boca apresuradamente y dio una explicación. Lo sentía mucho, tenía que salir de Londres y no le sería posible acudir aquel día. Ya le avisaría a su regreso. Eso sería lo mejor.

—Bueno —dijo Gale—, por hoy ya está usted lista.

Miss Ross, dijo:

—Lady Higginson ha telefoneado diciendo que no le será posible venir el día que le señaló para la semana próxima. ¡Ah! Y el coronel Blunt tampoco puede venir el jueves.

Norman Gale movió la cabeza. Sus facciones se endurecieron.

Todos los días pasaba lo mismo. La gente avisaba por teléfono renunciando al día que tenían señalado con toda clase de excusas, que si se marchaban, que si iban de viaje, que si se habían resfriado, que si no estarían en Londres...

Poco importaban los pretextos. La única razón que ocultaban la acababa de ver Norman claramente en la cara de espanto que puso su última cliente cuando el dentista cogió el taladro.

Le pareció que hubiera podido escribir los pensamientos de aquella mujer, tan claro se leía el pánico en su rostro.

«¡Oh, querida! Ya lo creo que estaba en el avión cuando mataron a aquella señora... ¡Dios me libre...! Dicen que hay hombres que pierden la cabeza y les da por cometer los crímenes más insensatos. Realmente no me sentía segura. ¿Quién me dice que ese hombre no tiene la monomanía del homicidio? Siempre he oído decir que no se distinguen de los demás... Pero me pareció descubrir una mirada especial en sus ojos...»

—Bien, me parece que vamos a tener una semana de calma, miss Ross.

—Sí, hay mucha gente borrada de la agenda. ¡Oh! Bien puede usted descansar un poco, que bastante ha trabajado este verano.

—No creo que haya ocasión de trabajar tanto este otoño. Se presentan mal las cosas.

Miss Ross no replicó. La excusó de hacerlo una llamada de teléfono, que corrió a contestar a la pieza contigua.

Norman dejó unos instrumentos en el esterilizador mientras pensaba:

«A ver, a ver qué pasa. No nos andemos por las ramas. Este negocio se acabó para mí desde el punto de vista profesional. Lo chocante es que a Jane le haya ido tan bien. Las señoras van a escucharla con la boca abierta, y lo malo para mí es que aquí han de abrir la boca, y no les gusta. ¡Qué rara coincidencia! No sé qué estúpidos sentimientos se apoderan de la gente que se ve sentada en la silla de un dentista. Como si los dentistas les fuéramos a atacar...

»¡Qué negocio tan raro es un asesinato! Creí que sería una fuente de ingresos, y no lo es. Afecta a las cosas más raras en que nunca hubiera pensado... No hay más que examinar los hechos. Como dentista, a mi parecer estoy liquidado... ¿Qué sucedería si detuviesen a la mujer de Horbury? ¿Volverían mis clientes en tropel? Es difícil de prever. Cuando todo empieza a ir mal... Bueno, no me importa, y si me importa es por Jane... Jane es adorable. La deseo. Y no puedo tenerla hasta que... Es fastidioso».

Sonrió.

«Me parece que todo marchará bien. A ella le importo... Esperará... ¡Diablos! Me marcharé al Canadá, sí, eso mismo, y allí haré dinero.»

Volvió a reírse.

Miss Ross entró.

—Era la señora Lorrie. Lo siente...

—... pero se ha de marchar a Tombuctú —acabó Norman—. *Vive les rats!* Ya puede usted buscarse un empleo, miss Ross. Esto parece un barco que se hunde.

—¡Oh! ¡Míster Gale! No pienso abandonarle...

—Buena chica. Después de todo, no es usted una rata. Pero hablo en serio. Si no sucede algo que remedie esta catástrofe estoy acabado, sin ninguna duda.

—Tendríamos que hacer algo para salvar la situación —dijo miss Ross con energía—. La policía es una vergüenza. Ni siquiera tratan de descubrir nada.

—A mí me parece que si no hacen más es porque no pueden.

—Alguien debe hacer algo.

—Perfectamente. Casi estoy por ponerme yo a trabajar como detective, aunque no sabría por dónde empezar.

—¡Oh, míster Gale! Con lo inteligente que es usted, triunfaría.

«Aquí estoy, convertido en héroe para esta muchacha —pensó Norman Gale—. De buena gana me ayudaría en las pesquisas que tuviera que realizar; pero tengo otra auxiliar en perspectiva.»

Aquella misma noche cenó con Jane. No le costó mucho mostrarse más alegre y animado de lo que realmente estaba. Sin embargo, Jane era muy astuta para dejarse engañar. Sorprendió todos sus momentos de distracción, coincidentes con el frunce de sus cejas y la presión de sus labios. Y no pudo evitar preguntarle:

—Norman, ¿marchan bien las cosas?

Él le lanzó una mirada y luego desvió la vista.

—Francamente, no van demasiado bien. Ésta es una de las peores épocas del año.

—No sea idiota —le reprendió Jane, vivamente.

—¡Jane!

—Lo que oye. ¿Le parece que no me doy cuenta de lo preocupado que está?

—No estoy tan preocupado. Tan sólo un poco molesto.

—Al ver que la gente es tan sumamente idiota que se asusta.

—¿De tener que abrir la boca ante un posible asesino?

—La gente llega a la crueldad a fuerza de mala fe.

—Eso es cierto, Jane. Porque yo no soy un asesino.

—¡Es infame! Hay que hacer algo.

—Eso es lo que decía esta mañana mi secretaria, miss Ross.

—¿Cómo es ella?

—¿Miss Ross?

—Sí.

—¡Ah! No lo sé. Gorda, de grandes huesos, con una nariz que parece masculina; muy competente.

—Es un gran elogio —dijo Jane, generosamente.

Norman aceptó aquello como un tributo a su diplomacia. Miss Ross no era tan corpulenta como él la presentaba

146

y su cabellera pelirroja la hacía muy agraciada; pero le pareció, con razón, que no estaba bien hacer resaltar ante Jane las prendas personales de su empleada.

—Me gustaría hacer algo —dijo él—. Si fuese un detective de novela, buscaría una pista o me convertiría en la sombra de alguien.

Jane le tocó el brazo.

—Mire, ahí está míster Clancy, el escritor... sentado allá, junto a la pared. Podríamos seguirlo, convertirnos en su sombra.

—¿Acaso estamos en una película?

—Déjese de tonterías. ¿No dice que le gustaría convertirse en la sombra de alguien? Pues aquí tiene a alguien a quien dedicarse. ¿Quién sabe? Tal vez descubramos algo.

El entusiasmo de Jane era contagioso. Norman se mostró conforme en seguir el plan propuesto.

—Como dice usted, ¿quién sabe? ¿En qué parte está de la comida? No puedo verlo sin volver la cabeza, y no quiero mirar.

—Poco más o menos como nosotros —dijo Jane—. No perdamos tiempo y tomémosle alguna ventaja. Pagaremos la cuenta y estaremos preparados para salir cuando él lo haga.

Adoptaron este plan. Poco después míster Clancy se levantó y cuando salió a la calle del Deán Norman y Jane casi le pisaban los talones.

—Si toma un taxi... —advirtió Jane.

Pero míster Clancy no tomó un taxi. Con un gabán sobre el brazo, que a veces arrastraba por el suelo, caminaba parsimonioso por las calles de Londres, como si anduviese vagando. De vez en cuando apretaba el paso y de repente andaba tan despacio que parecía que fuera a pararse. En una ocasión, como si dudara de cruzar la calle, se detuvo un momento con una pierna en el aire, sobre el reborde de la acera, como un monigote.

Seguía una dirección errática. Torcía por tantas esquinas que una vez se encontró en la misma calle y volvió a cruzarla.

Jane se sentía alborozada.

—¿Ve usted? —decía con entusiasmo—. Teme que le sigan y trata de despistarnos.

—¿Usted cree?

—¿Qué duda cabe? Nadie daría tantas vueltas sin algún motivo.

—¡Oh!

Doblaron una esquina con demasiada rapidez y por poco se tropiezan con la presa. Estaba parado, mirando hacia una carnicería. La tienda estaba cerrada, pero a la altura del primer piso debía de haber algo que llamaba la atención del novelista.

Incluso le oyeron decir:

—Magnífico. Lo que yo buscaba. ¡Qué suerte!

Sacó una libreta y apuntó cuidadosamente alguna observación. Luego reanudó la marcha a buen paso canturreando una tonadilla.

Se dirigió definitivamente hacia Bloomsbury, y a veces, cuando volvía la cabeza, los dos que lo seguían podían ver que movía los labios.

—Algo le debe de pasar —advirtió Jane—. Anda muy preocupado y habla para sí mismo sin darse cuenta.

En un momento determinado tuvo que esperar porque el semáforo le impedía el paso y Norman y Jane tuvieron ocasión de verlo de cara.

Era cierto, míster Clancy hablaba para sí mismo, su rostro estaba pálido y demudado. Norman y Jane cogieron al vuelo algunas palabras de las que murmuraba:

—¿Por qué no habla ella? ¿Por qué? Alguna razón ha de tener...

El semáforo cambió a verde. Cuando llegaron casi juntos a la otra acera míster Clancy decía:

—Ahora lo veo. Claro. ¡Por eso mismo debe guardar silencio!

Jane se agarró al brazo de Norman con todas sus fuerzas.

Míster Clancy caminaba a toda marcha. Arrastraba el gabán lastimosamente y avanzaba a grandes zancadas, ajeno a que lo siguieran.

Por fin, con desconcertante brusquedad, se detuvo ante una casa, abrió la puerta con llave y desapareció.

Norman y Jane se quedaron mirándose.

—Es su casa —dijo Norman—. Cardington Square, número 47. Es la dirección que dio ante el tribunal.

—¡Oh, bien! —advirtió Jane—. Tal vez vuelva a salir pronto. Y después de todo, algo hemos oído. Ya sabemos que hay que reducir a una mujer al silencio y que otra mujer ha de callar. ¡Querido! Esto parece una emocionante historia de detectives.

De las sombras salió una voz que dijo:

—Buenas noches.

Y el que así hablaba se les acercó. Un magnífico par de bigotes se iluminaron a la luz de la lámpara.

—*Eh bien* —dijo Hércules Poirot—. Buena noche para seguir un rastro, ¿verdad?

Capítulo 15

En Bloomsbury

Los dos jóvenes se llevaron un susto tremendo, aunque Norman Gale no tardó en sobreponerse.

—Claro —dijo—, si es monsieur... monsieur Poirot. ¿Aún trata usted de justificar su inocencia, monsieur Poirot?

—¡Ah! ¿Recuerda aún nuestra breve conversación? ¿Y sospecha usted del pobre míster Clancy?

—Y también usted —hizo notar Jane, agudamente—. De lo contrario no estaría aquí.

El belga se volvió para mirarla con cierto respeto.

—¿Se ha parado usted alguna vez a pensar en el asesinato, mademoiselle? Quiero decir si ha pensado de una manera abstracta..., a sangre fría... y desapasionadamente.

—No puedo decir que me haya detenido a pensar en eso hasta hace poco —contestó Jane.

—Claro, claro —dijo Poirot—, y ha pensado usted porque le ha afectado muy de cerca y personalmente. Pero yo hace muchos años que estudio el crimen. Tengo mi modo especial de ver las cosas. ¿Qué diría que es lo más importante que hay que tener en cuenta cuando se trata de desentrañar el místerio de un asesinato?

—Descubrir al asesino —dijo Jane.

Poirot movió la cabeza.

—Hay cosas más importantes que encontrar al asesino. La justicia es una palabra muy bonita, pero a veces es difícil decir qué se quiere expresar con ella. En mi opinión, lo más importante es justificar al inocente.

—¡Oh! Claro, claro —concedió Jane—. Eso no hay ni que decirlo. Si se acusa a alguien falsamente...

—No hace falta. Aunque no medie acusación. Mientras no se pruebe que una persona es culpable sin ningún género de duda, todos los que más o menos se relacionan con el crimen están expuestos a sufrir de uno u otro modo.

—¡Qué gran verdad es eso! —exclamó Norman Gale con énfasis.

—¡Si lo sabremos! —dijo Jane.

Poirot miró a uno y a otra.

—Comprendo. Ya lo han descubierto ustedes por experiencia.

De súbito manifestó impaciencia.

—Vamos, que es tarde y tengo mucho que hacer. Ya que los tres nos proponemos lo mismo, podríamos combinar nuestras fuerzas, Ahora iba a visitar a nuestro ilustre amigo, míster Clancy. Les propongo que mademoiselle me acompañe en calidad de secretaria. Aquí tiene, mademoiselle, un cuaderno y un lápiz para la taquigrafía.

—Yo no sé taquigrafía —contestó Jane.

—Ya me lo figuro. Pero tiene usted ingenio, es usted lista, y puede hacer algunos garabatos en el cuaderno, ¿verdad? Bueno. En cuanto a míster Gale, propongo que se reúna con nosotros dentro de una hora. ¿Dónde quedamos? ¿En Casa Monseigneur, en el departamento de arriba? *Bon!* Entonces estudiaremos las notas.

Un poco perpleja, Jane lo siguió, oprimiendo el cuaderno bajo el brazo.

Y adelantándose sin más tocó el timbre.

Gale abrió la boca para protestar, pero enseguida cambió de idea.

—Bueno —dijo—. Dentro de una hora en Casa Monseigneur.

Una señora de vulgar aspecto y de mediana edad, vestida de riguroso luto, les abrió la puerta.

—¿Míster Clancy? —preguntó Poirot.

Dejó paso y Poirot y Jane entraron.

—¿Qué nombre anuncio, señor?

—Hércules Poirot.

La severa mujer los condujo escalera arriba hasta una salita del primer piso.

—Míster Air Kule Prott —anunció.

Poirot comprendió enseguida que la declaración prestada por míster Clancy en Croydon referente a la falta de orden y limpieza de su casa estaba más que justificada. La sala, muy espaciosa, con tres ventanas a lo largo y anaqueles y librerías en las otras paredes, era un caos. Había papeles esparcidos por todas partes, carpetas, plátanos, botellas de cerveza, libros abiertos, cojines, un trombón, diversas porcelanas y un verdadero arsenal de estilográficas.

Y en medio de esta confusión, míster Clancy estaba atareado, manipulando afanosamente una cámara y un rollo de película.

—¡Caramba! —exclamó levantando la cabeza cuando le anunciaron la visita. Dejó la cámara a un lado y la película rodó por el suelo, desenrollándose, mientras el dueño se adelantaba con las manos extendidas—. Encantado de verle por aquí. Entre usted.

—Supongo que me recuerda —dijo Poirot—. Le presento a mi secretaria, miss Grey.

—¿Cómo está usted, miss Grey? —Estrechó la mano a la muchacha y luego se volvió hacia Poirot—. Sí, ya lo creo que lo recuerdo..., al menos ahora... ¿Dónde nos vimos la última vez? ¿En La Calavera o en el Club de los Huesos Cruzados?

—Fuimos compañeros de viaje en un vuelo desde París en cierta ocasión fatal.

—¡Pues claro! ¡Y miss Grey también! Pero no sabía yo que fuese su secretaria. Es decir, que me parecía haber oído que estaba empleada en un instituto de belleza... o algo por el estilo.

El bigotudo no perdió ni un segundo la calma.

—Y está en lo cierto —replicó—. Como secretaria competentísima que es, miss Grey ha de dedicarse de vez en cuando a trabajos de otra índole... ¿Comprende usted?

—Claro —dijo míster Clancy—. Se me olvidaba. Es usted un detective de los buenos. No de Scotland Yard. Investigación privada. Siéntese, miss Grey. No, ahí, no; creo que hay zumo de naranja en esa silla. Si quito esta carpeta... ¡Vaya! En esta casa todo se cae. No importa. Siéntese usted aquí, monsieur Poirot. ¿No me equivoco? ¿Poirot? El banco no está roto. Sólo cruje un poco cuando uno se sienta. Bien, acaso sea prudente no ponerle mucho peso. Sí, un investigador privado como mi Wilbraham Rice. El público está entusiasmado con Wilbraham Rice. Se muerde las uñas y come plátanos. No sé por qué hice que se mordiera las uñas al principio, es de bastante mal gusto..., pero ya está. Empezó por morderse las uñas y ahora tiene que continuar así en todos mis libros. Siempre lo mismo. Los plátanos no están mal, se prestan a escribir algunas bromas divertidas... Los criminales resbalan con la piel. Yo también como plátanos, por eso los tengo en la cabeza. Pero no me muerdo las uñas. ¿Van a beber un poco de cerveza?

—No, gracias.

Míster Clancy suspiró, tomó asiento a su vez y se quedó mirando muy serio a Poirot.

—Supongo que debo su visita al asesinato de Giselle. Ese caso me ha hecho reflexionar mucho. Diga usted lo que quiera, para mí es asombroso. Flechas envenenadas lanzadas con cerbatana en un avión. Una idea que yo había explotado para un libro y para un cuento, como le dije. Fue una coincidencia muy chocante, pero he de confesarle, monsieur Poirot, que me dejó impresionado..., hondamente impresionado.

—No es de extrañar que el crimen le intrigase a usted desde el punto de vista profesional, míster Clancy.

Los ojos de éste fulguraron.

—Exacto. Pensará usted que todos, hasta la policía oficial, lo habían de comprender así. Pero nada de eso. No he cosechado más que sospechas, tanto del inspector como de los miembros del tribunal. Hago cuanto puedo para facilitar el curso de la justicia, y en vez de agradecimiento por mis molestias me encuentro con imbéciles que se obstinan en sospechar de mí.

—De todos modos —observó Poirot, sonriendo—, no parece que eso le afecte mucho.

—¡Ah! —exclamó míster Clancy—. Aunque ha de saber usted que tengo mis métodos, Watson. Perdóneme si le llamo Watson. No lo hago con ánimo de ofenderle. Y es muy interesante. Personalmente, pienso que encarece groseramente las historias de Sherlock Holmes. Las falacias..., las asombrosas falacias que hay en esas historias... Pero ¿qué estaba diciendo?

—Decía usted que tiene sus métodos.

—¡Ah, sí! Voy a poner a ese inspector... ¿Cómo se llama? ¿Japp...? Sí, voy a ponerlo en mi próximo libro. Ya verá cómo lo trata Wilbraham Rice.

—Entre unas cuantas pieles de plátanos, como quien dice.

—Entre pieles de plátanos. Eso está bien —confirmó míster Clancy, riendo entre dientes.

—Tiene usted una gran ventaja como escritor, monsieur —observó Poirot—. Puede desahogar sus sentimientos con el expediente a través de la palabra escrita. Tiene usted la fuerza de su pluma contra sus adversarios.

Míster Clancy se acomodó suavemente en su silla.

—¿Sabe usted —dijo— que empiezo a creer que este asesinato va a ser una suerte para mí? Estoy escribiendo todo exactamente como pasó, aunque en forma de novela, claro está, y lo titularé *El místerio del Correo Aéreo*. Con retratos perfectos de todos los pasajeros. Se venderá como rosquillas... si puedo sacarlo a tiempo.

—¿No le pasará a usted nada por libelista o algo así? —preguntó Jane.

Míster Clancy le dirigió una mirada sonriente.

—No, no, señorita. Claro que si atribuyese el asesinato a uno de los pasajeros podría verme procesado por daños y perjuicios. Pero eso será precisamente la parte más interesante... y la más inesperada solución se dará en el último capítulo.

—¿Y qué solución piensa usted dar?

Míster Clancy volvió a reír entre dientes.

—Ingeniosa —dijo—. Ingeniosa y sensacional. Disfrazada de piloto, en Le Bourget entra en el avión una muchacha y logra ocultarse sin que nadie la vea, bajo el asiento de madame Giselle. Lleva consigo una botella de un nuevo gas. Lo deja escapar y todo el mundo pierde el conocimiento durante tres minutos. Ella sale del escondite, arroja la flecha envenenada y se lanza con un paracaídas por la puerta trasera del aparato.

Jane y Poirot pestañearon.

—¿Cómo es que a ella no le hace perder también el conocimiento ese gas? —preguntó Jane.

—Porque lleva careta —explicó míster Clancy.

—¿Y desciende sobre el Canal?

—No hace falta que sea el Canal. La haré descender sobre la costa de Francia.

—Pero, de todos modos, es imposible que nadie se esconda bajo el avión. No hay bastante espacio.

—En mi avión lo habrá —contestó míster Clancy con firmeza.

—*Épatant!* —dijo Poirot—. ¿Y el motivo que movió a esa señorita?

—Aún no lo tengo bien decidido —explicó Clancy reflexivo—. Probablemente quiso vengarse de Giselle por haber causado la ruina de su amante, que se suicidó.

—¿Y de dónde sacó el veneno?

—Este punto es el más ingenioso —aclaró Clancy—. La muchacha es una encantadora de serpientes y extrae el veneno de su cobra favorita.

—*Mon Dieu!* —exclamó Hércules Poirot—. ¿No cree usted que eso resulta ya un poco demasiado sensacional?

—No puedo escribir nada demasiado sensacional —contestó con firmeza míster Clancy—, y menos después de haber tratado con flechas envenenadas de los indios sudamericanos. Además, no pretenderá usted que en una novela de detectives pasen las cosas exactamente igual que en la vida real. No hay más que leer los periódicos..., insípidos hasta caerse de las manos.

—Vamos, monsieur, ¿le parece a usted que nuestro asunto es insípido y pesado?

—No —convino míster Clancy—. A veces incluso pienso que es inverosímil, que no ha sucedido realmente.

Poirot empujó su crujiente asiento para situarse un poco más cerca de su anfitrión y le dijo, en un tono confidencial:

—Monsieur Clancy, es usted un hombre de talento y de imaginación. La policía, como usted dice, lo mira con recelo. No ha solicitado su opinión y su consejo. Pero yo, Hércules Poirot, deseo consultarle.

Míster Clancy se ruborizó de satisfacción.

—Es usted muy amable.

—Ha estudiado usted la criminología y su opinión es sin duda muy valiosa. Tengo sumo interés en saber quién cometió el crimen, según usted.

—Bien —míster Clancy vaciló, cogió maquinalmente un plátano y empezó a comérselo. Cuando hubo acabado, movió la cabeza pensativamente y dijo—: Usted comprenderá, monsieur Poirot, que eso es una cosa completamente distinta. El que escribe puede elegir como autor del crimen a la persona que le convenga; pero en la realidad es una persona determinada, y uno no puede barajar los hechos a su capricho. Temo que en la vida real yo sería un pésimo detective.

Movió la cabeza con tristeza y tiró la piel de plátano a la chimenea.

—¿No le parece que sería curioso examinar el caso juntos?

—¡Oh! Eso sí.

—Pues, para empezar, suponiendo que tuviera usted que adivinar el autor del crimen, ¿a quién elegiría?

—¡Ah! Bien, yo creo que a uno de los dos franceses.

—¿Por qué?

—Porque ella era francesa. Y es lo que me parecía más probable. Además, se sentaban al otro lado, muy cerca de la víctima. Pero en realidad no lo sé.

—Eso depende mucho del motivo —advirtió con suficiencia Poirot.

—Claro, claro. Supongo que habrá usted clasificado científicamente todos los motivos.

—Soy muy anticuado en mis métodos. Me atengo al antiguo adagio: busca a quien beneficie el crimen.

—Eso está muy bien —asintió míster Clancy—. Aunque tengo para mí que es algo difícil en este caso. Hay una hija que ha de heredar, según tengo entendido. Pero son muchas las personas que iban en el avión y pueden salir beneficiadas con el crimen..., todas las que le debiesen dinero, que por tanto ya no tendrían que pagar.

—Cierto —dijo Poirot—. Y aún tenemos otra solución. Supongamos que madame Giselle guardaba algún secreto, un asesinato frustrado, por ejemplo, de una de esas personas comprometidas...

—¿Asesinato frustrado? ¿Por qué eso, precisamente? ¡Qué idea tan curiosa!

—En casos tan extraños como éste hay que suponerlo todo.

—¡Ah! Pero no basta con suponerlo. Hay que saberlo.

—Tiene usted razón..., tiene usted razón. Una advertencia muy justa.

Luego Poirot insinuó, a bocajarro:

—Perdón, pero esa cerbatana que usted compró...

—¡Maldita cerbatana! —exclamó míster Clancy—. ¡Ojalá nunca la hubiera nombrado!

—¿Dijo usted que la compró en una tienda de Charing Cross Road? ¿Recuerda, por casualidad, el nombre de la tienda?

—¡Ah! Tal vez sea Absolom... o Mitchell & Smith. No me acuerdo con precisión. Aunque ya le he dicho todo esto a ese mostrenco de inspector. A estas horas ya debe de haber ido a comprobarlo.

— Bien —dijo Poirot—, pero yo lo pregunto por otra razón. Deseo adquirir un chisme de ésos para hacer un experimento.

—¡Ah! Ya comprendo. Aunque no creo que encuentre usted lo que busca. Esos objetos no se encuentran en serie, ya sabe usted.

—De todos modos, puedo probar. ¿Será usted tan amable, miss Grey, de tomar nota de esos dos nombres?

Jane abrió su cuaderno y trazó, con una soltura profesional, unos cuantos signos. Luego, como si se entretuviese con el lápiz, escribió los nombres en el reverso de la hoja, por si le hacía falta recordarlos en caso de que la orden de Poirot fuera sincera.

—Ya le he molestado demasiado —dijo el belga—. No tengo más que despedirme, dándole mil gracias por su amabilidad.

—No hay de qué, no hay de qué. Me gustaría invitarles a ustedes a un plátano.

—Es usted la bondad personificada.

—Nada de eso. He de confesar que esta noche estoy muy contento. Me había atascado en una novelita que estoy escribiendo..., la cosa no marchaba..., no encontraba un nombre apropiado para el delincuente. Buscaba algo que tuviera cierto sabor. Pues bien, es cuestión de un poco de suerte, y esta noche he encontrado lo que buscaba en la puerta de una carnicería. Pargiter. Ése es el nombre que me hacía falta. Suena bien al oído y sugiere algo. Y al cabo de cinco minutos he solucionado el otro problema. Siempre hay nudos que desatar en una historia... ¿Por qué no habla la muchacha? El joven quiere que hable y ella dice que tiene los labios sellados. Nunca se encuentra la razón aceptable, claro, para que una chica no lo cuente todo de sopetón; pero no hay más remedio que pensar algo que no sea una solemne idiotez. ¡Por desgracia, cada vez ha de ser algo diferente!

Sonrió mirando a Jane.

—¡Son las pruebas por las que debe pasar un escritor!

Se apartó para acercarse a una librería diciendo:

—Me permitirán, al menos, que les dé una cosa...

Volvió con un librito en la mano.

—*La Clave del Pétalo Escarlata.* Creo que dije ya en Croydon que este libro trata de flechas envenenadas y de dardos salvajes.

—Muchas gracias. Es usted muy amable.

—Nada de eso. Ya veo —advirtió de pronto, dirigiéndose a Jane— que no usa usted el sistema taquigráfico de Pitman.

Jane se puso roja como un tomate. Poirot corrió en su ayuda.

—Miss Grey es muy moderna. Usa el sistema más reciente, inventado por un checoslovaco.

—¿Qué le parece? Checoslovaquia tiene que ser un país sorprendente. Todo parece venir de allí, zapatos, cristalería, guantes..., y sólo faltaba un sistema de taquigrafía. ¡Es sorprendente!

Estrechó la mano a los dos.

—Me gustaría haberle podido ser más útil.

Le dejaron en mitad de la sala, sonriendo pensativamente tras ellos.

Capítulo 16

Plan de campaña

Ante la puerta de míster Clancy subieron a un taxi que los llevó a Casa Monseigneur, donde encontraron a Norman Gale.

Cuando se hubieron acomodado, Poirot encargó un *consommé* y un *chaud-froid* de pollo.

—Bueno —dijo Norman—, ¿cómo les ha ido?

—Miss Grey se ha conducido como una perfecta secretaria.

—No creo haberlo hecho muy bien —protestó Jane—. Se fijó en mis garabatos cuando pasó por detrás de mí. Ese hombre es muy observador.

—¡Ah! ¿Lo ha notado usted? El bueno de míster Clancy no es tan distraído como podría uno imaginarse.

—¿Deseaba usted realmente tener estas señas? —preguntó ella.

—Creo que pueden servirnos de algo..., sí.

—Pero si la policía...

—¡Oh! ¡La policía! Yo no preguntaría lo que la policía habrá preguntado. Y aún tengo dudas de que la policía haya preguntado ni indagado nada. La policía ya sabe que la cerbatana hallada en el avión fue adquirida en París por un americano.

Poirot le dirigió una mirada paternal.

—Precisamente. Ahora viene un americano a complicar las cosas. *Voilà tout.*

—Pero ¿la compró un hombre? —preguntó Norman.

Poirot lo miró con una extraña expresión.

—Sí —contestó—, la compró un hombre.

Norman se mostró sorprendido.

—De todos modos —advirtió Jane—, no fue míster Clancy. Ya tenía cerbatana y no le hacía falta comprar otra.

Poirot movió la cabeza.

—Así es cómo se procede. Se sospecha de todos por turno y luego se borra el nombre de él o de ella de la lista.

—¿Cuántos nombres ha tachado usted?

—No tantos como pueda figurarse, mademoiselle —contestó Poirot guiñando un ojo—. Eso depende, como usted sabe, del motivo.

—¿Se ha encontrado...? —Norman Gale se contuvo y añadió a modo de excusa—: No quiero inmiscuirme en secretos oficiales, pero ¿no se tienen documentos de los negocios de esa mujer?

—Todos los documentos se han quemado.

—Es una lástima.

—*Evidemment!* Pero parece que madame Giselle mezclaba un poco de chantaje con su profesión de prestamista, y esto abre un amplio campo a las conjeturas. Supongamos, por ejemplo, que madame Giselle tenía pruebas de cierto acto criminal, por ejemplo, un asesinato frustrado contra alguien.

—¿Hay algún motivo para suponer algo así?

—Ya lo creo —contestó Poirot con calma—. Es una de las pocas pruebas documentales que tenemos en este caso.

Observó la cara de sorpresa que ponían ambos jóvenes y lanzó un suspiro.

—Bien, hablemos de otra cosa, por ejemplo, del efecto que esta tragedia ha producido en la vida de ustedes dos.

—Es horrible decirlo, pero yo he salido muy beneficiada —contestó Jane.

Y contó cómo le habían aumentado el sueldo.

—Como usted dice, mademoiselle, ha salido beneficiada, pero probablemente ese beneficio será transitorio. Esa admiración que despierta su relato no durará más de nueve días. Téngalo presente.

—Es verdad —dijo Jane, riendo.

—Me parece que en mi caso el efecto durará más de nueve días —observó Norman.

Explicó su situación. Poirot le escuchó compasivamente.

—Como usted dice —advirtió pensativo—, eso durará más de nueve días, semanas y meses. Los efectos sensacionales duran poco, pero el miedo persiste durante largo tiempo.

—¿Le parece a usted que debería abandonar mi consultorio?

—¿Tiene usted otro plan?

—Sí, liquidarlo todo. Marcharme al Canadá o a otra parte y empezar de nuevo.

—Eso sería una lástima —dijo Jane con firmeza.

Norman la miró.

Poirot atacó el pollo con apetito.

—No es que desee marcharme —dijo Norman.

—Si descubro quién mató a madame Giselle no tendrá que marcharse —le dijo Poirot, animándolo.

—¿Cree usted que lo conseguirá? —preguntó Jane.

Poirot le dirigió una mirada de reproche.

—Si se estudia un problema con orden y método, no hay dificultad alguna en resolverlo... —afirmó con severidad.

—Ya comprendo —dijo Jane sin comprender.

—Pero yo llegaré a la solución de este problema con más rapidez si me ayudan —dijo el belga.

—¿Qué clase de ayuda?

Poirot estuvo un rato sin contestar. Luego dijo:

—La ayuda de míster Gale. Y tal vez, después, la ayuda de usted.

—¿Qué puedo hacer? —preguntó Norman.

—No le gustará —le advirtió.

—¿De qué se trata? —insistió el joven, impaciente.

Delicado como era para no ofender la sensibilidad de un inglés, Poirot se entretuvo con un mondadientes. Luego dijo:

—Francamente, lo que necesito es un chantajista.

—¡Un chantajista! —exclamó Norman, mirando a Poirot como quien no da crédito a sus oídos.

Éste afirmó con la cabeza.

—Eso precisamente. Un chantajista.

—¿Y para qué?

—*Parbleu!* Para amenazar a alguien con difamarle.

—Sí, pero quiero decir, ¿a quién? ¿Por qué?

—¿Por qué? Eso es cuenta mía. En cuanto a quién... —Hizo una pausa y luego prosiguió hablando como quien propone un negocio normal—: Le explicaré en pocas palabras cuál es mi plan. Escribirá usted una carta..., es decir, la escribiré yo y usted la copiará..., a la condesa de Horbury. Ha de hacer constar que es «personal». En la carta le pedirá una entrevista. Le recordará usted el viaje que hizo a Inglaterra en cierta ocasión. Se referirá también a ciertos negocios realizados con madame Giselle que han pasado a sus manos.

—Y luego, ¿qué?

—Luego se le concederá a usted una entrevista. Irá a verla y le dirá ciertas cosas. Ya le daré las debidas instrucciones. Le exigirá... espere, a ver... diez mil libras.

—¡Está usted loco!

—No, señor —dijo Poirot—. Seré todo lo raro que usted quiera, pero no loco.

—Y si lady Horbury avisa a la policía me meterán en la cárcel.

—No avisará a la policía.

—Usted no lo sabe.

—*Mon cher*, modestia aparte, yo lo sé todo.

—No obstante, es algo que no me gusta.

—No hace falta que se quede usted las diez mil libras, si es que eso ha de pesar en su conciencia —dijo Poirot, guiñando un ojo.

—Sí, pero usted comprenderá, monsieur Poirot, que es una misión que puede perderme para toda la vida.

—Ta... ta... ta..., la dama no avisará a la policía, se lo aseguro.

—Puede decírselo a su marido.

—No se lo dirá.

—No me gusta esto.

—¿Le gusta perder a su clientela y estropear su carrera?

—No, pero...

Poirot le sonrió amablemente.

—Siente usted una repugnancia natural, ¿verdad? Era de esperar. Tiene usted un espíritu caballeresco. Pero le aseguro que lady Horbury no merece ser objeto de tan delicados sentimientos.

—De todos modos, no puede ser la asesina.

—¿Por qué?

—¿Por qué? Porque nosotros la habríamos visto. Jane y yo estábamos al otro lado.

—Es usted un hombre lleno de prejuicios. Deseo poner en orden las cosas, y para eso necesito saber.

—No me gusta hacer objeto de chantaje a una señora.

—¡Ah, *mon Dieu*..., qué respeto inspiran ciertas palabras! No habrá chantaje. Sólo tendrá usted que provocar cierto efecto. Luego, cuando usted haya preparado el terreno, me presentaré yo.

—Si me lleva usted a la cárcel...

—Le aseguro que puede estar tranquilo. Me conocen

muy bien en Scotland Yard. Si sucediera algo yo me haré responsable. Pero no pasará sino lo que le he dicho.

Norman se rindió lanzando un suspiro de resignación.

—Está bien. Lo haré. Pero no acaba de gustarme.

—Bueno. Le diré lo que tiene que escribir. Coja un lápiz.

Le dictó la carta despacio.

—*Voilà* —dijo Poirot—. Luego le daré instrucciones sobre lo que hay que decir. Oiga, mademoiselle, ¿va usted alguna vez al teatro?

—Sí, con frecuencia —contestó Jane.

—Bien. ¿Ha visto, por ejemplo, una comedia titulada *En lo profundo*?

—Sí, la vi hace cosa de un mes. Está bastante bien.

—Es una comedia americana, ¿verdad?

—Sí.

—¿Recuerda usted el papel de Harry, representado por míster Raymond Barraclough?

—Sí. Lo hacía muy bien.

—Le es simpático ese actor, ¿verdad?

—Es arrebatador.

—¡Ah! *Il est sex appeal?*

—No lo puedo negar —dijo Jane riendo.

—¿No es más que eso, o es también un buen artista teatral?

—¡Oh! Me gusta mucho su modo de trabajar.

—He de ir a verlo —anunció Poirot.

Jane lo miró sorprendida.

¡Qué hombrecillo tan raro era aquel belga, saltando de un asunto a otro como un pajarito de rama en rama!

Él parecía leer sus pensamientos, porque sonrió y dijo:

—¿No está de acuerdo conmigo, mademoiselle? ¿No aprueba mis métodos?

—Da usted muchos saltos.

—No es cierto. Sigo mi camino con orden y método, paso a paso. No hay que lanzarse nunca de un salto a una conclusión. Hay que ir eliminando.

—¿Eliminando? ¿Eso es lo que usted hace? —preguntó Jane. Se quedó pensativa y prosiguió—: Ya veo. Ha eliminado usted a míster Clancy.

—Tal vez —dijo Poirot.

—Y nos ha eliminado a nosotros, y ahora quizá se propone eliminar a lady Horbury. ¡Oh!

Se calló como si se le hubiera ocurrido una idea repentina.

—¿Qué le pasa, mademoiselle?

—Eso que ha dicho usted de un asesinato frustrado, ¿era una prueba?

—Es usted muy perspicaz, mademoiselle. Sí, forma parte de la pista que persigo. Hablo del asesinato frustrado y observo a míster Clancy, la observo a usted, observo a míster Gale, y en ninguno de los tres descubro el menor signo, ni un leve pestañeo. Y permita que le diga que no puedo engañarme respecto al particular. Un asesino puede estar dispuesto a arrostrar cualquier ataque que prevea. Pero esta anotación en un librito no puede ser conocida por ninguno de ustedes. De modo que, ya ve usted, estoy satisfecho.

—Pero es usted una persona compleja y muy temible, monsieur Poirot —dijo Jane—. No comprendo por qué dice eso.

—Es muy sencillo. Necesito descubrir cosas.

—Supongo que tendrá usted unos medios muy ingeniosos para descubrirlas.

—No hay más que una forma.

—¿Y cuál es?

—Dejar que la gente se las diga a uno.

Jane se echó a reír.

—¿Y si se las quieren callar?

—A todo el mundo le gusta hablar de sus cosas.

—Es muy natural —convino Jane.

—Así es como ha hecho fortuna más de un curandero.

Invitan al paciente a que se siente y les cuente cosas. Cómo se cayó del cochecito cuando tenía dos años, cómo su madre se comía una pera y se manchó el vestido y cómo cuando tenía un año y medio tiraba a su padre de la barba. Y luego el curandero le dice que ya no sufrirá más de insomnio, y pide dos guineas, y el paciente se marcha contento, contentísimo, y quizá incluso duerma.

—¡Qué ridículo! —dijo Jane.

—No, no es tan ridículo como usted se figura. Se basa en una necesidad fundamental de la naturaleza humana, en la necesidad de hablar, de revelarse uno a sí mismo. A usted misma, mademoiselle, ¿no le gusta recordar su infancia, recordar a su padre y a su madre?

—Eso no tiene aplicación en mi caso. Crecí en un orfelinato.

—¡Ah! Así es diferente. Eso no es agradable.

—¡Oh! No era uno de esos orfelinatos benéficos que sacan a los niños a pasear con ropa del mismo color y hechura. Aquél era muy alegre y divertido.

—¿Era en Inglaterra?

—No, en Irlanda, cerca de Dublín.

—Así es usted irlandesa... Por eso tiene el pelo rojo y esos ojos entre azules y grises que miran...

—Como si los hubieran puesto con los dedos tiznados —acabó Norman alegremente.

—*Comment?* ¿Qué ha dicho usted?

—Es un dicho sobre los ojos irlandeses. Dicen que los han metido con los dedos tiznados.

—¿De veras? Eso no es elegante. Sin embargo, lo expresa muy bien.

Jane rio mientras se levantaba.

—Me hace usted rodar la cabeza, monsieur Poirot. Buenas noches y gracias por la cena. Me tendrá que invitar de nuevo si Norman va a la cárcel por chantajista.

El rostro de éste se oscureció al oír aquello.

El detective se despidió de los dos jóvenes deseándoles buenas noches.

Al llegar a casa abrió un cajón y sacó una lista de once nombres.

Delante de cuatro de estos nombres trazó una cruz. Luego movió la cabeza titubeando.

—Me parece que a éstos también podría tacharlos —murmuró para sí—. Pero quiero estar bien seguro. *Il faut continuer.*

Capítulo 17

En Wandsworth

Míster Henry Mitchell estaba dando cuenta de un plato de salchichas cuando le anunciaron que un caballero deseaba verle. El camarero se quedó atónito cuando supo que la visita era nada menos que el señor bigotudo, uno de los pasajeros en el viaje fatal.

Monsieur se mostró muy afable y cortés, insistiendo en que míster Mitchell siguiera comiendo y deshaciéndose en cumplidos con la señora Mitchell, que, de pie, contemplaba al visitante con la boca abierta.

Poirot aceptó una silla, observó que hacía mucho calor para lo avanzado del año y poco a poco entró en el objeto de su visita.

—Me parece que Scotland Yard progresa muy poco en las indagaciones del caso —dijo.

Mitchell movió la cabeza.

—Es un asunto espantoso, señor..., espantoso. No sé qué van a descubrir. Si ninguno de los que estábamos en el avión vimos nada, ¿cómo podemos esperar que lo vean ahora los que no estaban?

—Dice usted una verdad como un templo.

—Henry ha estado muy preocupado con el suceso —apuntó la mujer—. Por las noches no puede dormir.

El camarero se explicó:

—Es terrible, no me lo puedo quitar de la cabeza. La compañía se ha portado muy bien conmigo, porque le confieso que al principio creí que iba a perder el trabajo.

—No podían despedirte, Henry. Eso no hubiera estado bien.

La mujer hablaba con resuelto convencimiento. Era una señora alta y robusta, de ojos saltones y negros.

—No siempre salen bien las cosas, Ruth. Y ésta ha salido mejor de lo que pensaba. No me han querido echar la culpa. Sin embargo, yo me sentía culpable. Ya me comprende. Después de todo, era el encargado.

—Ya me doy cuenta de sus sentimientos —dijo Poirot, en tono compasivo—. Pero le aseguro que es usted un hombre de conciencia demasiado recta. De nada de lo que sucedió tiene usted la culpa.

—Eso le digo yo, señor —medió la señora Mitchell.

Mitchell movió de nuevo la cabeza.

—Pero yo debí advertir antes que la señora estaba muerta. Si hubiera procurado despertarla la primera vez que le presenté la cuenta...

—Habría sido casi lo mismo. Según los médicos, la muerte fue instantánea...

—Siempre está dándole vueltas a lo mismo —dijo la mujer—. Yo le digo que no piense más en eso. Cualquiera adivina las razones que tienen los extranjeros para matarse unos a otros, y si quiere usted que se lo diga, es un truco de mala ley haber hecho eso a bordo de un avión inglés.

Y acabó la frase con un gesto de indignación patriótica.

Mitchell movió la cabeza desalentado.

—En cierto modo, el crimen pesa sobre mí. Siempre que voy de servicio me encuentro en un estado de nervios inaguantable. Y esos señores de Scotland Yard, que no paran de preguntarme si noté algo anormal durante el viaje o si de pronto ocurrió algo insólito, me hacen temer que me haya olvidado de algo, aunque estoy seguro de que no. Fue un viaje tranquilo hasta..., hasta que ocurrió aquello.

—Canutos y flechas... paganas, como yo les llamo —dijo la señora.

—Tiene usted razón —dijo Poirot, dirigiéndose a ella con un aire de sorpresa ante la observación—. Un asesinato inglés no se comete así.

—Tiene usted razón, señor.

—Me parece, señora Mitchell, que puedo adivinar de qué parte de Inglaterra es usted.

—De Dorset, señor. No muy lejos de Bridport. De allí soy.

—Exacto —dijo Poirot—. Uno de los lugares más encantadores del mundo.

—Sí que lo es. Londres no se le puede comparar. Mi familia hace casi doscientos años que está establecida en Dorset... y yo llevo Dorset en la sangre, como diría usted.

—Sí, no hay duda. —Y Poirot se volvió de nuevo al camarero—. Me gustaría preguntarle algo, Mitchell.

Las cejas de éste se contrajeron.

—Ya he dicho todo lo que sabía, señor. ¿Qué más puedo decir?

—Sí, sí..., no se trata más que de una tontería. Me gustaría saber si algo de la mesa de madame Giselle estaba desordenado.

—¿Quiere decir cuando..., cuando descubrí...?

—Sí, cualquier cosa... las cucharas y tenedores, las vinagreras..., cualquier cosa.

El camarero negó con la cabeza.

—No había nada de eso en la mesa. Todo fue retirado para servir el café. Yo no noté nada raro, ni lo hubiera notado. Estaba demasiado aturdido. Pero la policía se habría fijado, porque examinó minuciosamente todo lo del avión.

—Bueno, bueno —dijo Poirot—. No importa. De todos modos me gustaría hablar con su compañero... Davis.

—Ahora hace el servicio de las 8.45, señor.

—¿Le ha impresionado mucho el asunto?

—¡Oh! Verá usted, señor, hay que tener en cuenta que es muy joven. Si le digo la verdad, casi le produjo alegría. Estaba muy alborotado y todo el mundo le invitaba a beber para escucharle contar el caso.

—¿Sabe usted si tiene novia? —preguntó Poirot—. Sin duda le impresionaría mucho el saber que estaba relacionado con un crimen.

—Corteja a la hija del viejo Johnson, del Crown and Feathers —dijo la señora—. Pero es una muchacha muy juiciosa y tiene la cabeza muy bien asentada. Le disgusta verse mezclada en un asunto criminal.

—Es un punto de vista sin duda respetable —dijo Poirot levantándose—. Bueno, gracias, míster Mitchell, créame, no piense más en eso.

Cuando se hubo marchado, Mitchell le dijo a su mujer:

—¡Y pensar que aquellos idiotas del jurado creyeron que él lo había hecho! Si quieres saber lo que me parece, diría que pertenece a la policía secreta.

—Si quieres saber lo que me parece a mí —replicó la mujer—, detrás de todo esto están los bolcheviques.

Poirot había dicho que hablaría con el otro camarero, Davis. Y no transcurrieron demasiadas horas hasta que vio satisfecho su deseo en el bar Crown and Feathers.

Le preguntó lo mismo que a Mitchell.

—Nada en desorden, no, señor. ¿Quiere usted decir si cada cosa estaba en su sitio?

—Quiero decir..., bien, si no se había caído nada de la mesa, por ejemplo, o no había en ella algo que no debiera estar...

—Algo de eso había... Me fijé cuando estaba recogiendo el servicio, antes de que la policía entrase... pero supongo que no es lo que usted quiere decir. Es sólo que la muerta tenía dos cucharas de café en su platillo. Esto pasa muchas veces cuando servimos precipitadamente. Me fijé porque existe una superstición respecto a esto. Dicen que dos cucharas en un mismo plato significan boda pronto.

—¿Faltaba la cuchara en el plato de alguien?

—No, señor; al menos no me fijé. Mitchell y yo debimos de ponerla inadvertidamente, como sucede a veces. Yo mismo puse dos cubiertos de pescado hace una semana. Más vale eso que dejar la mesa incompleta, porque luego hay que correr a buscar el objeto olvidado.

Poirot hizo otra pregunta, muy jocosa por cierto:

—¿Qué le parecen las chicas francesas, Davis?

—Las inglesas son lo bastante buenas para mí, señor.

Y dirigió una sonrisa a una rubia y rolliza muchacha que estaba detrás del mostrador.

Capítulo 18

En la calle Reina Victoria

Míster James Ryder se mostró sorprendido cuando le entregaron la tarjeta en la que se leía el nombre de monsieur Hércules Poirot.

Aquel nombre le era familiar, pero no podía recordar por qué. Luego se dijo:

—¡Oh! ¡Aquel tipo! —Y ordenó al empleado que lo hiciese pasar.

Monsieur Hércules Poirot apareció muy garboso, con un bastón en la mano y una flor en la solapa.

—Espero que me perdonará usted la molestia —dijo—. Vengo por ese asunto enojoso del asesinato de madame Giselle.

—¿Sí? Bueno, ¿qué tiene que decirme? Siéntese, haga el favor. ¿Quiere un cigarro?

—No, gracias. No fumo más que mis cigarrillos. ¿Me acepta usted uno?

Ryder miró los delgados cigarrillos de Poirot con aire de duda.

—Prefiero fumar uno de los míos, si no se lo toma usted a mal. Temo que me tragaría esa cosa tan delgada a la menor distracción. —Y rio de buena gana—. El inspector estuvo aquí hace unos días —prosiguió míster Ryder cuando logró, por fin, encender su mechero—. ¡Qué gente tan molesta! ¡Valdría más que se preocuparan de sus asuntos!

—Es que necesitan informarse, y, claro... —dijo Poirot melosamente.

—Pero no sé qué falta les hace ofender a nadie para eso —replicó míster Ryder con amargura—. Deberían pensar que uno tiene sus sentimientos y que debe velar por la reputación de su negocio.

—Es usted un poco quisquilloso, ¿no cree?

—Me encuentro en una situación delicada —dijo míster Ryder—. Figúrese que yo estaba casi frente a ella. Esto les puede haber escamado, lo comprendo, pero no tengo la culpa de que me dieran ese asiento. Si hubiera sabido que iban a matar a esa mujer no habría hecho el viaje en avión. Aunque, no sé, tal vez sí.

Se quedó un momento pensativo.

—¿No cree que, dentro de todo, ha salido bastante bien parado de este asunto? —le preguntó Poirot.

—Es curioso que me haga usted esa pregunta. Sí o no, según se mire. Quiero decirle que me han molestado mucho, que me han colgado el sambenito y que se han insinuado ciertas cosas. Y yo no digo más que la verdad. ¿Por qué no van a molestar a ese doctor Hubbard?... digo Bryant. Los médicos son los que entienden de venenos violentos que no dejan huellas. ¿De dónde voy a sacar yo esa ponzoña de serpiente? ¿Me lo quiere decir?

—Decía usted que al lado de los inconvenientes...

—¡Ah, sí! Hay un aspecto positivo en todo esto. No me avergüenza confesarle que he ganado una bonita suma por informar a los periódicos. Declaraciones de un testigo ocular. Aunque podía más la imaginación del periodista que lo que yo declaraba, que al fin y al cabo no era excesiva cosa.

—Es interesante observar cómo afecta un crimen a la gente que nada tiene que ver con él —dijo Poirot—. Usted mismo se gana de un modo inesperado una bonita suma que a lo mejor le habrá venido bien en estos momentos.

—El dinero siempre viene bien —afirmó míster Ryder, mirando fijamente a Poirot.

—A veces la necesidad que de él tenemos es imperativa. Por eso los hombres estafan y cometen desfalcos... —Agitó las manos—. Y luego se complican las cosas.

—Bueno, no hablemos más de temas tristes —dijo míster Ryder.

—Cierto, ¿para qué contemplar las cosas en su aspecto más oscuro? Ese dinero le habrá venido muy bien, ya que no pudo obtener el préstamo de París.

—¿Cómo diablos sabe usted eso? —preguntó míster Ryder, indignado.

Hércules Poirot sonrió.

—Sea como fuese es cierto.

—Demasiado cierto, pero tengo sumo interés en que no se propague.

—Le aseguro que soy la discreción en persona.

—Es raro que por una suma tan insignificante un hombre pueda caer en la deshonra —masculló míster Ryder—. Una pequeña cantidad para ponerse a cubierto de una crisis momentánea, y si no puede obtener esa cantidad insignificante al diablo su crédito. Vaya, ¡es ridículo! ¡El dinero es ridículo! ¡El crédito es ridículo! ¡Estará usted de acuerdo conmigo en que la vida tiene mucho de ridículo!

—Es una gran verdad.

—Y a propósito, ¿de qué quería usted hablarme?

—Es un poco delicado. Han llegado a mí noticias..., durante el cometido de mi profesión, por supuesto, de que a pesar de sus negativas tuvo tratos con esa señora Giselle.

—¿Quién se lo ha dicho? ¡Eso es mentira, una infame mentira! ¡Nunca había visto a esa mujer!

—¡Caramba! ¡Pues es curioso!

—¿Curioso? Es una infamia.

—¡Ah! —dijo Poirot—, tendré que aclarar ese punto.

—¿Qué quiere decir? ¿Qué se propone?

—No se enfade, no se enfade. Debe de ser... un error.

—Por supuesto que lo es. Confundirme a mí con esa gentuza de la alta sociedad que vive de los prestamistas. Las grandes damas que se endeudan en la mesa de juego..., ésas tenían trato con la vieja.

Poirot se levantó.

—Perdóneme si me he informado mal. —Se detuvo en la puerta—. Y a propósito, por mera curiosidad: ¿cómo es que ha llamado doctor Hubbard al doctor Bryant?

—Que me cuelguen si lo sé... ¡Ah, sí! Creo que debe de haber sido por la flauta. *El perro de la Tía Hubbard*... «Pero cuando llegó a casa, tocaba el perro la flauta.» Esa canción de cuna...

—¡Ah, sí! La flauta... Me interesan mucho estas cosas desde el punto de vista psicológico, ¿comprende?

Míster Ryder hizo una mueca a la psicología y a todo aquel maldito galimatías del psicoanálisis.

Poirot se le hizo sospechoso.

Capítulo 19

La visita de míster Robinson

La condesa de Horbury estaba en el dormitorio de su casa de Grosvenor Square, sentada ante un tocador repleto de cepillos con mango dorado, tarros de crema para la cara, polveras y demás adminículos para la belleza de una mujer de mundo. Pero la señora tenía los labios secos y se sentía desgraciada en medio de tanto lujo, releyendo la carta por cuarta vez.

> *Condesa de Horbury.*
>
> *Apreciada señora,*
>
> *Asunto: madame Giselle fallecida.*
>
> *Obran en mi poder ciertos documentos que conservaba la difunta. Si a usted o a mister Raymund Barraclough les interesa el asunto, me honraré haciéndoles una visita para llegar a un acuerdo.*
>
> *Dígame si prefiere que arregle el asunto con su marido.*
>
> *Suyo afectísimo,*
>
> JOHN ROBINSON

Era estúpido leer aquello tantas veces.

¡Como si las palabras pudieran cambiar el significado!

Cogió el sobre..., dos sobres. El primero con la advertencia «Personal», el segundo con la advertencia «Reservado y muy confidencial».

«Reservado y muy confidencial...»

¡Qué idiota..., qué idiota...!

Y aquella bruja embustera que le había jurado «que estaban tomadas todas las precauciones para proteger a los clientes contra cualquier contingencia...».

Maldita francesa... La vida era un infierno...

«¡Dios mío! ¡Estos nervios! —pensó Cicely—. ¡Qué vergüenza..., qué vergüenza!»

Su mano temblorosa asió un frasquito con una tapa de oro.

«Esto me calmará, me dará ánimos...»

Aspiró los polvos que contenía el frasquito.

¡Vaya! Por fin podía pensar. ¿Qué hacer? Ver a aquel hombre, desde luego. Pero ¿dónde encontraría dinero a préstamo? Tal vez, con un poco de suerte, en aquella casa de Carlos Street...

Ya tendría tiempo de pensar en aquello. Ante todo, hablar con el hombre, saber qué secretos tenía.

Se sentó frente al escritorio y escribió con su letra ancha y sin forma.

La condesa de Horbury saluda a míster John Robinson y tendrá el gusto de recibirle, si se digna visitarla, mañana a las once...

—¿Estoy bien? —preguntó Norman.

Y enrojeció ligeramente al notar el aire de crítica con que Poirot lo examinaba.

—*Nom d'un chien!* —exclamó Poirot—. ¿Qué comedia va usted a representar?

Norman Gale enrojeció aún más.

—Me dijo usted que un poco disfrazado estaría mejor —murmuró.

Poirot suspiró y cogiendo a Norman de un brazo lo llevó hasta el espejo.

—¡Mírese! No le digo más que eso..., ¡mírese! ¿Quién se figura usted que es? ¿Un Santa Claus disfrazado para divertir a los niños? Ya sé que no lleva barba blanca; no, la barba es negra, como la del traidor del melodrama. ¡Pero qué barba..., una barba que clama al cielo! Es una barba de baratillo, amigo, y tan mal puesta que se avergonzaría incluso un aficionado! ¡Y además las cejas! Pero ¿tiene usted la manía del pelo postizo? Huele a goma a varios metros, y si cree usted que va a engañar a nadie con ese estropajo que está comiendo se equivoca. Amigo, no, no es su oficio..., decididamente no es su oficio representar este delicado papel.

—Hace tiempo trabajé en un teatro de aficionados —dijo Norman Gale, irguiéndose.

—Apenas puede creerse. En todo caso, me parece que no les permitirían caracterizarse a su antojo. Ni a la luz de las candilejas convencería usted a nadie. Ahora calcule en Grosvenor Square y a la luz del día...

Y Poirot se encogió elocuentemente de hombros para acabar la frase.

—No, *mon ami*; es usted un chantajista, no un comediante. Deseo que esa señora le tenga miedo..., no que se muera de risa. Ya sé que le molesta que le diga esto. Lo siento, pero estamos en un momento en que sólo nos hace falta la verdad. Quítese eso... Vaya al cuarto de baño y acabemos con la comedia.

Norman Gale obedeció y cuando volvió a salir un cuarto de hora después, con la cara del color del ladrillo rojo, Poirot lo acogió con un ademán de aprobación.

—*Très bien*. Se acabó la farsa y empieza el asunto en serio. Le permitiré llevar un bigotillo, pero permitirá que se lo ponga yo mismo. Ahora péinese de otro modo... Así. Con esto hay suficiente. Ahora a ver si recuerda su papel.

Escuchó atentamente lo que Norman decía y lo aprobó:

—Está bien... *En avant*... y buena suerte.

—No deseo otra cosa. Probablemente me encontraré con un marido furioso y una pareja de guardias.

Poirot lo tranquilizó.

—No tenga miedo. Todo saldrá a pedir de boca.

—No porque usted lo diga —protestó Norman.

Y con notable desaliento se lanzó a la desagradable aventura.

En Grosvenor Square le condujeron a un saloncito del primer piso y, al cabo de unos minutos, se presentó lady Horbury.

Norman dominó sus nervios. Sobre todo no podía revelar que era un novato en esas lides.

—¿Míster Robinson? —preguntó Cicely.

—Para servirla —contestó Norman, inclinándose.

«¡Diablos!... Parezco un viajante de comercio —pensó con disgusto—. ¡Es terrible!»

—Recibí una carta —dijo Cicely.

Norman se dominó. «¡Aquel viejo idiota que decía que no sabía actuar!», se dijo en una resolución mental.

Y en voz alta y casi insolente dijo:

—Muy bien. ¿Y qué me dice usted, entonces, lady Horbury?

—No sé qué quiere usted.

—Vamos, vamos..., ¿para qué entrar en pormenores? Todos sabemos lo agradable que es pasar aunque sólo sea un fin de semana en la playa... Pero los maridos casi nunca están de acuerdo. Creo que ya sabe usted, lady Horbury, en qué consisten las pruebas. Admirable mujer la vieja Giselle. Siempre se hacía con los justificantes. La inscripción del hotel, etcétera. Son de primera clase. Ahora se trata de saber quién los desea más..., usted o lord Horbury. Ésa es la cuestión.

Ella se quedó temblando.

—Yo vendo —dijo Norman, con una voz que se hacía más firme a medida que iba cogiéndole gusto al papel de míster Robinson—. ¿Compra usted? De eso se trata.

—¿Cómo ha conseguido usted esa... prueba?

—Poco importa cómo. El caso es que la tengo, lady Horbury.

—No me inspira confianza. Muéstremela.

—¡Ah, no! —dijo Norman, moviendo la cabeza y mirando a su interlocutora de soslayo—. No llevo nunca nada encima. No soy tan cándido para eso. Si convenimos en el negocio ya es otra cosa. Le enseñaré el documento antes de entregarme el dinero. Todo limpio y sin trampas.

—¿Cuánto..., cuánto...?

—Diez mil de las mejores libras..., no dólares.

—Imposible. Nunca podré disponer de esa cantidad.

—Puede usted hacer milagros si quiere. No todo lo que reluce es oro en nuestros días, pero las perlas son siempre perlas. Mire, para hacer un favor a una señora se lo dejaré en ocho mil. Es la última palabra. Y le concederé dos días de tiempo para pensarlo.

—No podré procurarme el dinero, se lo advierto.

Norman suspiró y movió la cabeza.

—Bueno, entonces lo mejor será que lord Horbury se entere de lo que ha pasado. No sé si me equivoco al pensar que una mujer divorciada por su propia culpa no tiene derecho a una pensión, y míster Barraclough es un joven y muy prometedor actor, pero aún gana poco. Ni una palabra más. Le daré tiempo para pensarlo, y tenga presente que lo haré como lo digo.

Tras una pausa añadió:

—Lo haré como Giselle lo hubiera hecho...

Y sin dar tiempo a que la afligida señora replicase, salió precipitadamente.

—¡Uff! —respiró Norman cuando se vio en la calle—. ¡Gracias a Dios que se ha acabado!

Apenas había transcurrido una hora cuando lady Horbury leía una tarjeta que le presentaron. «Monsieur Hércules Poirot.»

—¿Quién es? —dijo volviéndose rápidamente—. No puedo recibirle.

—Dice, milady, que viene de parte de míster Raymond Barraclough.

—¡Ah! Muy bien, acompáñelo.

El mayordomo desapareció para anunciar al poco rato:

—Monsieur Hércules Poirot.

Exquisitamente vestido con la elegancia de un dandi, monsieur Poirot entró y se inclinó reverente.

El mayordomo cerró la puerta. Cicely avanzó un paso.

—¿Le manda a usted míster Barraclough...?

—Siéntese, señora —dijo él en tono afable pero autoritario.

Ella se sentó como una autómata. Él ocupó una silla a su lado, observando una conducta paternal y tranquilizadora.

—Señora, le ruego que vea en mí a un amigo. Vengo a aconsejarla. Sé que se encuentra usted en un grave apuro.

—No... —murmuró ella débilmente.

—*Écoutez*, madame, yo no vengo a que me descubra usted ningún secreto. No hace falta, porque ya lo sé todo. En esto precisamente consiste el ser un buen detective.

—¿Un detective? —repitió ella, abriendo mucho los ojos—. Ya recuerdo..., estaba usted en el avión. Fue usted..., sí, lo recuerdo.

—No está equivocada. Ahora, señora, vayamos al asunto. Como le he dicho, no pretendo que se me confíe. No quiero que empiece a contarme cosas. Ya se las contaré yo. Esta mañana, aún no hace una hora, ha tenido usted una visita. ¿El caballero que la ha visitado no era un tal Brown por casualidad?

—Robinson —dijo Cicely, con voz desfallecida.

—Es el mismo... Brown, Smith, Robinson, según le convenga. Ha venido a consumar contra usted un chantaje, señora. Posee ciertas pruebas de lo que podríamos llamar alguna indiscreción. Estas pruebas estuvieron antes en poder de madame Giselle. Ahora las tiene ese hombre. Se las ofrece a usted quizá por once o doce mil libras, ¿no es así?

—Ocho mil.

—Ocho mil, pues. ¿Y usted podría reunir ese dinero?

—Imposible, del todo imposible... Ya estoy en deuda. No sé qué hacer.

—Calma, señora. He venido a ayudarla.

Ella lo miró, sorprendida.

—¿Cómo sabe todo?

—Es muy sencillo, señora, porque soy Hércules Poirot. *Eh bien*, no tenga reparos; déjemelo a mí. Ya me arreglaré yo con míster Robinson.

—Sí —dijo Cicely, con intención—. ¿Y cuánto necesitará usted?

Hércules Poirot hizo una reverencia.

—Sólo quiero cobrar una fotografía firmada, de una señora muy hermosa...

—¡Dios mío! —exclamó ella—. No sé qué hacer... Mis nervios..., me vuelvo loca.

—No, no, nada puede pasarle. Confíe en Hércules Poirot. Pero necesito saber la verdad, toda la verdad... No me oculte nada o me veré atado de pies y manos.

—¿Y me sacará usted de este apuro?

—Le juro solemnemente que nunca más oirá hablar de míster Robinson.

—Está bien. Se lo diré todo.

—Bueno. Vamos a ver. ¿Le pidió usted dinero a préstamo a esa mujer, a Giselle?

Lady Horbury movió la cabeza afirmativamente.

—¿Cuándo fue eso? Quiero decir cuándo empezó.

—Hace un año y medio. Me encontraba en un callejón sin salida.

—¿Debido al juego?

—Sí. Fue una racha espantosa.

—¿Y le dejó todo lo que usted necesitaba?

—Al principio, no. Sólo una pequeña cantidad para empezar.

—¿Quién se la recomendó?

—Raymond... Míster Barraclough me dijo que aquella mujer prestaba a señoras de clase alta.

—¿Y luego le prestó más?

—Sí..., cuanto necesitaba. Entonces me pareció un milagro.

—Ésos eran los milagros que hacía madame Giselle —observó Poirot secamente—. ¿Fue eso antes de que usted y míster Barraclough se hiciesen... amigos?

—Sí.

—Pero ¿no tenía usted miedo de que su marido se enterase?

—Stephen es un pedante —lloriqueó Cicely, disgustada—. Está cansado de mí y quiere casarse con otra. Ahora se le ha metido en la cabeza divorciarse.

—¿Y usted no quiere divorciarse?

—No. Yo...

—Usted está satisfecha de su posición y disfruta de una renta importante. Lo entiendo. Las mujeres, claro está, tienen que pensar en ellas mismas. Pero volviendo al asunto..., ¿surgieron dificultades para la devolución del préstamo?

—Sí, y no pude pagar lo que debía. Y luego el diablo lo enredó todo. Ella estaba enterada de mis relaciones con Raymond. Se informó, no sé cómo, de dónde nos reuníamos, de las fechas y de todo.

—Tenía sus métodos —explicó Poirot con sequedad—. ¿Y la amenazó con enviar todas las pruebas que poseía a lord Horbury?

—Sí, a no ser que le pagase.

—¿Y no pudo pagarle?

—No.

—De modo que su muerte fue para usted algo providencial.

—Me pareció una coincidencia tan..., ¡tan maravillosa! —dijo Cicely en tono muy serio.

—Es que ciertamente fue maravillosa. Pero quizá eso la puso algo nerviosa, ¿no?

—¿Nerviosa?

—Después de todo, señora, es usted la única persona del avión que tenía algún motivo para desear su muerte.

Ella respiró profundamente.

—¡Ah, sí! Fue horrible. Su muerte me dejó aturdida.

—Y más después de haberla visto en París la noche antes de haber tenido una escena con ella.

—¡La muy ladrona! No quiso rebajarme ni un céntimo. ¡Creo que gozaba viéndome sufrir y suplicar! ¡Era una mala pécora! Me trató como a un trapo viejo.

—Y usted declaró en el sumario que no había visto nunca a esa mujer.

—¡Claro! ¿Qué podía yo decir?

Poirot la miró, pensativo.

—Usted, señora, no podía decir otra cosa.

—¡Es espantoso no poder decir más que mentiras, mentiras y más mentiras! Ese temible inspector ha estado aquí dos o tres veces, aturdiéndome a preguntas. Pero me sentía muy segura. He observado que no sabe nada y sólo trata de sonsacarme.

—Para adivinar las cosas hay que estar seguro de ellas.

—Y además, pensé que si podían descubrir algo ya lo hubiesen descubierto enseguida. Me sentía segura hasta que recibí ayer esa maldita carta.

—¿Y no ha tenido usted miedo durante todo este tiempo?

—Claro que he tenido miedo.

—Pero ¿de qué? ¿De verse deshonrada o de que la detuviesen por asesinato?

Cicely perdió el color de sus mejillas.

—¿Por asesinato? Yo no fui... ¡No me diga usted que cree eso! Yo no la maté. ¡No fui yo!

—Usted deseaba su muerte...

—Sí, pero no la maté. ¡Oh! ¡Usted tiene que creerme, usted tiene que creerme...! Yo no me moví de mi asiento. Yo...

Se calló. Y fijó en él sus ojos implorantes.

—La creo a usted, señora, por dos razones. Primera: porque es una mujer. Segunda: porque..., porque había una avispa.

Ella se le quedó mirando.

—¿Una avispa?

—Exacto. Ya veo que no tiene ningún sentido para usted. Bueno, volvamos al objeto de mi visita. Yo me arreglaré con míster Robinson. Le doy mi palabra de que nunca más lo verá ni oirá hablar de él. Pondré a raya a ese sinvergüenza. Y a cambio de mis servicios, me va a permitir usted unas preguntas. ¿Estaba en París míster Barraclough la víspera del asesinato?

—Sí, comimos juntos; pero pensó que sería mejor que fuese yo sola a ver a la prestamista.

—¡Ah! ¿De veras? Otra pregunta, señora... ¿Se la conocía en el teatro, antes de casarse, con el nombre de Cicely Brand?

—No, mi verdadero nombre es Martha Jebb. Pero ese otro...

—Era el que rezaba en los carteles. ¿Y dónde nació usted?

—En Doncaster... Pero ¿por qué?

—Mera curiosidad. Perdone. Y ahora, si me permite darle un consejo... ¿Por qué no arregla un divorcio discreto con su marido?

—¿Para que se case con esa mujer?

—Para que se case con esa mujer. Tiene usted un buen corazón, señora; por otra parte, se verá usted a salvo, vivirá tranquila y su marido le concederá una buena renta vitalicia.

—No muy buena.

—*Eh bien*, una vez libre, puede casarse con un millonario.

—Ya no hay millonarios en nuestros días.

—¡Ah! No lo crea, señora. Los que antes poseían tres millones, ahora tienen dos... *Eh bien*, ya basta.

Cicely rio.

—Es usted muy persuasivo, monsieur Poirot. ¿Está usted seguro de que ese hombre no volverá a molestarme?

—Palabra de Hércules Poirot —dijo solemnemente el caballero.

Capítulo 20

En Harley Street

El inspector de policía Japp caminaba a buen paso por la calle Harley y se detuvo ante cierto portal. Preguntó por el doctor Bryant.

—¿Tiene usted hora con él, señor?

—No, le voy a escribir unas palabras.

En una tarjeta oficial escribió:

Le agradecería que me concediese unos minutos. No le entretendré mucho.

Metió la tarjeta en un sobre, lo cerró y se lo dio al mayordomo, que lo condujo a la sala de espera, donde aguardaban dos señoras y un caballero. Japp se sentó, después de coger una revista atrasada con la que matar el tiempo.

El mayordomo cruzó la sala y le dijo en un tono discreto:

—Si tiene la bondad de esperar un poco, señor, el doctor le recibirá, aunque está muy ocupado esta mañana.

Japp afirmó con la cabeza. Lejos de molestarle, esperar le gustaba. Las dos señoras empezaron a conversar. Indudablemente, tenían la mejor opinión de las dotes profesionales del doctor Bryant. Llegaron más pacientes. No podía negarse que el doctor era un médico de fama.

«Debe de ganar mucho dinero —pensó el inspector—. A juzgar por esto, no parece que tenga necesidad de pedir prestado, aunque eso debió de ser hace tiempo. En todo caso, se ve que trabaja mucho. Un rumor de escándalo bastaría para estropearlo todo. Es lo que más podría temer un médico.»

Un cuarto de hora después se le acercó el mayordomo y le dijo:

—El doctor dice si tiene la bondad de pasar.

Japp entró en el despacho del doctor Bryant, que se levantó para recibirle y le estrechó la mano.

Ofrecía un aspecto de fatiga, pero no manifestó la menor sorpresa por la visita del inspector.

—¿En qué puedo servirle, señor inspector? —preguntó, volviendo a sentarse detrás de su mesa e indicando al otro una butaca.

—Ante todo he de rogarle que me perdone si he venido a molestarle en la hora de consulta, pero no le entretendré mucho tiempo.

—No hay problema. Supongo que viene por lo de la muerte en el avión.

—Ni más ni menos, señor. Aún estamos trabajando en eso.

—¿Con algún resultado?

—No avanzamos tanto como sería de desear. He venido a hacerle algunas preguntas sobre el método empleado. Es el asunto del veneno de serpiente lo que no llego a descifrar por más que lo estudio.

—Ya sabe usted que yo no soy toxicólogo —dijo el doctor Bryant sonriendo—. No entiendo de esas cosas. Consulte a Winterspoon.

—¡Ah! Pero usted verá, doctor: Winterspoon es un técnico, y ya sabe usted lo que son los técnicos. Hablan de un modo que los profanos no podemos comprender. Pero, según tengo entendido, hay una rama de la medicina consagrada a estas materias. ¿Es cierto que el veneno de serpiente se inyecta a veces a los epilépticos?

—No soy tampoco especialista en epilepsia. Pero sé que se han aplicado vacunas de veneno de cobra en el tratamiento de la epilepsia con excelentes resultados. Aunque ya le he dicho que no es éste mi terreno.

—Ya lo sé, ya lo sé. Pero el caso es que usted se ha interesado mucho en el asunto por haberse hallado en el avión, y he pensado que, a lo mejor, podría sugerirme alguna idea aprovechable. ¿De qué sirve ir a un técnico si no sabe uno qué preguntarle?

El doctor Bryant sonrió.

—Algo hay en lo que usted dice, inspector. Probablemente no haya nadie capaz de permanecer indiferente después de haberse relacionado tan de cerca con un asesinato... Confieso que me interesa mucho cuanto se relaciona con el asunto y que le he dedicado largas reflexiones.

—¿Y qué piensa usted, señor?

Bryant movió la cabeza con lentitud.

—Me parece algo tan sorprendente, tan inverosímil, si me es permitido expresarme así, que me confunde y me trastorna. ¡Qué manera más asombrosa de cometer un crimen! El asesino tenía una probabilidad entre cien de pasar inadvertido. Tiene que ser una persona que carece del sentido del riesgo.

—Muy cierto, señor.

—Y la elección del veneno es igualmente sorprendente... ¿Cómo pudo hacerse el asesino con semejante arma?

—Ciertamente parece increíble. No puedo creer que ni siquiera un hombre entre mil haya oído hablar de una cosa tan rara como la *boomslang*, y mucho menos de la forma de usar el veneno. Ni usted, que es médico, creo que haya manipulado esa sustancia.

—No hay muchas ocasiones para hacerlo. Tengo un amigo que se dedica al estudio de enfermedades tropicales. En su laboratorio tiene varias clases de venenos mortales, el de cobra, por ejemplo; pero no recuerdo que tenga el de *boomslang*.

—Tal vez pueda usted ayudarme —dijo Japp, alargando al doctor un pedazo de papel—. Winterspoon escribió esos tres nombres y me dijo que ellos podían informarme. ¿Los conoce usted?

—Conozco al profesor Kennedy superficialmente. A Heidler lo conozco bien. Dígale que va de mi parte y estoy seguro de que hará por usted cuanto pueda. Carmichael es de Edimburgo. No lo conozco personalmente, pero tengo constancia de que lleva a cabo un buen trabajo allí.

—Gracias, señor. Y perdone la molestia. Ya no le entretengo más.

Japp salió a la calle, sonriendo con satisfacción.

«No hay nada como la diplomacia —se dijo—. Con ella se consigue todo. Juraría que no se ha enterado del objeto de mi visita. Bueno, algo es algo.»

Capítulo 21

Tres claves

Cuando el inspector regresó a Scotland Yard le dijeron que Poirot le esperaba para hablar con él.

Japp saludó a su amigo efusivamente.

—Hola, monsieur Poirot. ¿Qué le trae a usted por aquí? ¿Tiene alguna noticia que darme?

—He venido a ver si usted podía decirme algo nuevo, mi buen Japp.

—¡Qué cosas tiene! Bueno, la verdad es que no hay demasiadas novedades. Nuestro colega de París ha identificado la cerbatana. ¿Sabe usted que Fournier me está amargando la vida desde París con su dichoso «momento psicológico»? He interrogado a los camareros hasta perder el aliento de tanto hablar y no he podido arrancarles una palabra que nos descubra ni un solo indicio sobre ese momento psicológico. Durante el viaje no sucedió nada anormal que llamase la atención de uno ni de otro.

—Pudo ocurrir cuando los dos estaban en el departamento delantero del avión.

—También he interrogado a los viajeros. No pueden estar mintiendo todos.

—Yo he descubierto que en un punto todos mentían. Todos.

—¡Siempre sale usted con sus puntos! A decir verdad, monsieur Poirot, no estoy satisfecho. Cuanto más examino las cosas, más oscuras las veo. El jefe empieza a tratarme con frialdad. Pero ¿qué puedo hacer? Y suerte que es un asunto semiextranjero. Siempre podemos imputarlo a los franceses que hicieron el viaje hasta aquí y en París se excusan diciendo que el criminal es un inglés y a nosotros nos compete el descubrirlo.

—¿Cree usted realmente que lo hicieron los franceses?

—Hablando con franqueza, no lo creo. Bien mirado, un arqueólogo es algo inofensivo; no piensan más que en remover tierra y en hablar por los codos de lo que sucedió hace miles de años. Y me gustaría saber cómo lo saben. ¡Pero cualquiera les contradice! Si se emperran en que una sarta de abalorios tiene cinco mil trescientos veintidós años, ¿quién va a decirles lo contrario? ¡Bah! Tal vez haya embusteros entre ellos, aunque se crean sus mentiras, que, después de todo, son inofensivas. El otro día detuve a un tipo que había hurtado un escarabajo sagrado. Estaba fuera de sí, pero era inofensivo como un niño de pecho. Se lo digo con franqueza, no he creído ni por un momento que esos dos tuvieran algo que ver en el asunto.

—¿Quién piensa usted que es el autor?

—No puede ser nadie más que Clancy. Se comporta de un modo raro. Va hablando a solas por la calle, y es que está preocupado.

—Planificando otro libro quizá.

—Tal vez sea por eso, pero también podría ser por alguna otra cosa. Aunque, por más que pienso, no llego a ver el motivo. Aún sigo creyendo que el CL 52 del librito negro se refiere a lady Horbury, pero no he podido sacarle nada en limpio. Se empeña en una absurda reserva, se lo aseguro.

Poirot sonrió para sus adentros. Japp prosiguió:

—Los camareros..., bien, no encuentro en ellos nada que se relacione con Giselle.

—¿El doctor Bryant?

—Algo me ha movido a visitarlo. Existen ciertos rumores sobre él y una paciente. Una hermosa mujer, casada con un hombre indecente, que toma narcóticos o algo por el estilo. Si no va con cuidado lo expulsarán del Colegio de Médicos. Todo eso puede tener alguna relación con RT 362, y no le ocultaré que sospecho de dónde pudo coger el veneno de serpiente. Lo he visitado y se ha ido de la lengua. Después de todo, no son más que conjeturas que no se basan en hechos. No es fácil llegar a establecer hechos en este caso. Ryder parece un hombre honrado. Dice que fue a París para conseguir un préstamo. Ha dado nombres y direcciones. Parece que ha pasado por un gran apuro, pero está saliendo adelante. Ya ve usted que no hay nada que sea satisfactorio. Todo es confuso.

—No hay tal confusión. El caso se presenta oscuro, pero la confusión sólo existe en las mentes desordenadas.

—Diga lo que quiera, el resultado es el mismo. Fournier también está atascado. Supongo que usted lo ha desentrañado prácticamente todo, pero considera inoportuno hablar.

—No se burle. Aún no lo he descubierto todo. Voy paso a paso, con orden y método, pero aún falta mucho camino.

—Eso no me satisface. Prefiero que me diga qué pasos ha dado.

Poirot sonrió.

—He confeccionado también una pequeña estadística —dijo, sacando un papel del bolsillo—. He aquí mi idea: el asesinato es un acto realizado para obtener un resultado determinado.

—Repítalo más lentamente.

—No es difícil de entender.

—Es posible que no, pero usted hace que lo parezca.

—No, no, es muy sencillo. Por ejemplo: usted necesita dinero y sabe que lo tendrá cuando se muera una tía. Bien, pues realiza un acto, es decir, mata a su tía, y obtiene el resultado: hereda el dinero.

—Me gustaría tener alguna tía de ésas —suspiró Japp—.

Siga, ya comprendo su idea. Quiere decir que ha de haber un motivo.

—Prefiero explicarlo a mi manera. Se ha llevado a cabo un acto consistente en asesinar. ¿Cuáles son los resultados? Examinando los que hemos observado podemos contestar el acertijo. Los resultados pueden ser muy diversos, ya que el acto en cuestión afecta a diferentes personas. *Eh bien*, yo estudio hoy, tres semanas después del suceso, los resultados obtenidos en once casos diferentes.

Desplegó el papel.

Japp se inclinó con cierto interés y leyó por encima del hombro de Poirot:

Miss Grey. — Resultado: mejora transitoria.

Míster Gale. — Resultado: malo. Pérdida de clientela.

Lady Horbury. — Resultado: bueno, si es CL 52.

Miss Kerr. — Resultado: malo, ya que la muerte de Giselle resta posibilidades al divorcio de lord Horbury.

—¡Hum! —gruñó Japp, interrumpiendo el escrutinio—. ¿Conque piensa usted que está chiflada por milord? No sabía que tuviese usted tanto olfato para oler esos trasuntos amorosos.

Poirot sonrió. Japp continuó leyendo:

Míster Clancy. — Resultado: bueno. Espera ganar dinero con el libro inspirado en el crimen.

Doctor Bryant. — Resultado: bueno, si es RT 362.

Míster Ryder. — Resultado: bueno, dada la cantidad de dinero que le han valido los artículos sobre el crimen. También bueno si Ryder es XVB 724.

Monsieur Dupont. — Resultado: nulo.

Monsieur Jean Dupont. — Resultado: idéntico.

Mitchell. — Resultado: nulo.

Davis. — Resultado: nulo.

—¿Y eso cree que va a servirle de mucho? —preguntó Japp, escéptico—. No veo que esté eso mejor que poner en cada nombre: «No sé, no sé y no sé».

—Nos da una clasificación clara —explicó Poirot—. En cuatro casos, míster Clancy, miss Grey, míster Ryder y creo que también lady Horbury, tenemos un resultado en el haber. En los casos de míster Gale y de míster Kerr, tenemos un resultado en el debe. En cuatro casos no hay ningún resultado, que sepamos, y en el del doctor Bryant no hay resultado ni ganancia concreta.

—Entonces, ¿qué? —preguntó Japp.

—Entonces debemos continuar indagando.

—Con escasos elementos contamos para eso —dijo Japp, enfurruñado—. Me parece que poco lograremos mientras de París no manden lo que nos hace falta. Es por la parte de Giselle por donde tenemos que esperar la solución. Me parece que yo hubiera obtenido más datos que Fournier de su doncella.

—Lo dudo, amigo. Lo más interesante del caso es la personalidad de la víctima. Una mujer sin amigos, una mujer que en su tiempo fue joven, amó y sufrió. Y luego todo se acabó para ella: ni una fotografía, ni un recuerdo, ni una baratija. Marie Morisot se convirtió exclusivamente en madame Giselle: prestamista.

—¿Cree usted que hay una clave en su pasado?

—Es posible.

—Bien, podríamos aprovecharla, porque en el presente no tenemos ninguna.

—¡Oh! Sí, amigo, las hay.

—La cerbatana, desde luego...

—No, no la cerbatana.

—Pues sepamos qué claves hay en este caso, según usted.

—Le daré tres títulos, como los que llevan los libros de míster Clancy: «La Clave de la Avispa. La Clave del Equipaje de los Viajeros. La Clave de las Dos Cucharas de Café».

—¿Qué es eso de las dos cucharas de café?

—¿No sabe usted que madame Giselle tenía dos cucharillas en el plato?

—Eso significa boda, según la gente.

—En este caso —dijo Poirot—, significa funeral.

Capítulo 22

Jane acepta un nuevo trabajo

Cuando Norman Gale, Jane y Poirot se reunieron para cenar juntos la noche del incidente del *chantaje*, Norman se sintió aliviado al saber que ya no se requerían más sus servicios como «Míster Robinson».

—El bueno de míster Robinson está muerto —dijo Poirot, levantando la copa—. Brindo a su memoria.

—*Requiescat in pace* —dijo Norman, riendo.

—¿Qué ha pasado? —preguntó Jane a Poirot.

El detective le dirigió una sonrisa.

—Ya sé lo que quería saber.

—¿Estaba relacionada con Giselle?

—Sí.

—Eso se dedujo claramente de mi entrevista con ella —dijo Norman.

—No lo niego —advirtió Poirot—, pero yo quería una historia más detallada.

—¿Y la obtuvo?

—La obtuve.

Los dos le dirigieron una mirada interrogadora, pero Poirot se puso a charlar de una manera provocativa de la relación que existe entre una carrera y la vida.

—Son muchos los que, a pesar de lo que digan, eligen la ocupación que les dicta un secreto deseo. Oirán que un hombre que trabaja en un despacho afirma: «Me gustaría ser un explorador, vivir aventuras en tierras lejanas». Y descubrirán que lo que le gusta es leer novelas que tratan de este asunto, bien repantigado en un sillón.

—Según su modo de pensar —dijo Jane—, mi deseo de viajar por el extranjero no es sincero y mi verdadera vocación es peinar a las señoras. Pues bien, eso no es cierto.

Poirot le sonrió.

—Usted aún es joven. Claro que uno intenta esto y lo otro y lo de más allá, pero llega un momento en que acomoda su vida a lo que prefiere.

—Y supongo que prefiero ser rica.

—¡Ah, eso ya es más difícil!

—No estoy de acuerdo con usted —dijo Gale—. Yo soy dentista por casualidad, no por vocación. Mi tío era dentista, deseaba que yo siguiese su ejemplo, pero yo no pensaba más que en aventuras y en ver mundo. Me reí de los dentistas y me marché a África del Sur para trabajar en una granja. Pero, como me faltaba experiencia, aquello no me fue muy bien y me vi obligado a aceptar el ofrecimiento de mi tío de volver a trabajar con él.

—Y ahora piensa usted en reírse otra vez de los dentistas y marcharse a Canadá. Tiene usted temperamento de colono.

—Esta vez me veo obligado a hacerlo.

—Pero parece increíble que con tanta frecuencia las circunstancias nos obliguen a hacer lo que nos gusta.

—Nada me obliga a mí a viajar —dijo Jane—. ¡Qué lástima!

—*Eh bien*, ahora mismo le voy a proponer una cosa. La semana que viene voy a París. Si quiere, puede ser mi secretaria. Le pagaré un buen sueldo.

Jane movió la cabeza.

—No puedo dejar la peluquería de Antoine. Es un buen empleo.

—También lo es el que le ofrezco.

—Sí, aunque no es más que eventual.

—Le buscaré un trabajo mucho mejor.

—Gracias, pero no me atrevo a correr el riesgo.

Poirot la miró, sonriendo enigmático.

Tres días después lo llamaron por teléfono.

—Monsieur Poirot, ¿todavía mantiene usted la oferta?

—Sí. Salgo para París el lunes.

—¿Me hablaba usted de veras? ¿Puedo acompañarle?

—Sí. Pero ¿qué ha pasado para hacerla cambiar de idea?

—Me he enfadado con Antoine. Francamente, he perdido la paciencia con una clienta. Era una perfecta..., bueno, no puedo decirle lo que era por teléfono. Pero lo malo es que se lo he dicho a ella misma.

—¡Ah! Eso de dejar volar la imaginación por los anchos espacios...

—¿Qué dice usted?

—Digo que tenía usted la cabeza en otra cosa.

—No fue mi cabeza, fue mi lengua la que se me soltó.

—Bueno, todo está arreglado. Durante el viaje le daré instrucciones.

Poirot y su nueva secretaria no viajaron por aire, algo por lo que Jane le estuvo, en el fondo, muy agradecida, ya que la experiencia del último viaje le había sacudido los nervios y no quería volver a recordar aquel cadáver encogido sobre sí mismo.

En la travesía de Calais a París tuvieron un compartimento para los dos solos, y Poirot le dio a Jane alguna idea.

—En París he de visitar a mucha gente: al abogado Thibault; a monsieur Fournier, de la Sûreté, un señor melancólico, pero inteligente, y a monsieur Dupont padre y monsieur Dupont hijo. Oiga, mademoiselle, mientras yo hable con el padre, usted se encargará del hijo. Es muy hermosa, muy atractiva. Creo que monsieur Dupont la recordará de haberla visto durante la investigación judicial.

—Volví a verlo después —dijo Jane, ruborizándose ligeramente.

—¿De verdad? ¿Cómo fue eso?

Jane, más colorada aún, le explicó cómo se encontraron en el Corner House.

—¡Magnífico! Tanto mejor. ¡Caramba! Ha sido una idea excelente traerla conmigo a París. Ahora escúcheme atentamente, mademoiselle Jane. En la medida de lo posible no hable del caso de Giselle, pero no rehúya la conversación si Jean Dupont la trae a cuento. Será preferible que dé usted la impresión, sin que con esto quiera yo decir nada, de que sospecha de lady Horbury. Puede decir que mi vuelta a París se debe a la conveniencia de hablar con Fournier y de llevar a cabo algunas indagaciones sobre las relaciones y negocios que lady Horbury pudo tener con la muerta.

—¡Pobre lady Horbury! ¡Hace usted de ella el caballo de batalla!

—No es el tipo de mujer que yo admiro. *Eh bien*, deje que una vez al menos sirva para algo.

Jane titubeó y dijo:

—¡Supongo que no sospechará usted de monsieur Dupont!

—No, no, no…, sólo deseo informarme. —Le dirigió una mirada penetrante y añadió—: Le gusta ese joven, ¿verdad? *Il est sex appeal?*

La frase hizo reír a Jane.

—No es eso lo que yo diría. Es un muchacho muy sencillo, pero amable.

—Es eso lo que usted diría, ¿eh? Muy sencillo.

—Me parece que es tan sencillo porque ha llevado una vida muy poco mundana.

—Cierto —dijo Poirot—. No ha tenido tratos con dentaduras. No ha sufrido la desilusión de un héroe que ve temblar de miedo a la gente sentada en la silla de un dentista.

—No creo que Norman se haya considerado héroe ni con sus pacientes.

—Algún desengaño ha debido de sufrir cuando se marcha al Canadá.

—Ahora habla de ir a Nueva Zelanda. Cree que le gustaría más aquel clima.

—Por encima de todo es patriota. No sale de los dominios británicos.

—Espero que no tenga necesidad de marcharse —dijo ella, interrogando a Poirot con la mirada.

—¿Quiere decir que confía usted en papá Poirot? ¡Ah! Bien, haré cuanto pueda, se lo prometo. Pero tengo el firme convencimiento, mademoiselle, de que hay un personaje que todavía no ha salido a escena y tiene un papel importante en esta comedia.

Y movió la cabeza con el ceño fruncido.

—Mademoiselle, hay un factor desconocido en este caso. Todo converge en un mismo punto...

Dos días después de su llegada a París, monsieur Poirot y su secretaria comieron en un pequeño restaurante y los arqueólogos Dupont, padre e hijo, fueron invitados.

Jane encontró al viejo Dupont tan encantador como a su hijo, pero no pudo hablar mucho con él ya que Poirot lo acaparó desde el principio. Jean estuvo con ella tan simpático como en Londres y los dos se enfrascaron en una agradable charla. ¡Qué hombre tan amable y tan franco!

Pero mientras hablaba y reía con él aguzaba su oído para recoger cuanto le fuera posible de la conversación que mantenían los dos hombres, deseando enterarse de la naturaleza de la información que buscaba Poirot.

No queda claro de quién partió la iniciativa de que los

dos jóvenes fuesen al cine, pero cuando se marcharon Poirot acercó su silla a la del sabio, dispuesto a redoblar su interés por las investigaciones arqueológicas.

—Comprendo la dificultad que debe de haber en estos días de crisis económica para conseguir fondos suficientes para sufragar gastos —dijo—. ¿Acepta usted donativos de particulares?

Monsieur Dupont se echó a reír.

—¡Mi querido amigo, no sólo los aceptamos cuando se nos ofrecen, sino que los pedimos de rodillas! Pero nuestro tipo de excavaciones no interesa al gran público. La gente busca resultados espectaculares. Quiere oro especialmente..., ¡grandes cantidades de oro! Es sorprendente que sean tan pocos los que se interesen por la cerámica, cuando se encierra en ella toda la historia de la civilización. Dibujos..., tejidos...

Monsieur Dupont se extendió en consideraciones. Advirtió a Poirot que no se dejase extraviar por las plausibles publicaciones de B..., por los criminales errores de L... y por las estratificaciones anticientíficas de G... Poirot prometió no dejarse embaucar por ninguna de las publicaciones de estos sabios personajes.

Luego dijo:

—¿Qué le parece un donativo de, por ejemplo, quinientas libras?

En su alegría, monsieur Dupont casi estuvo a punto de subirse encima de la mesa.

—¿Usted me ofrece eso? ¿A mí? ¿Para contribuir a nuestras excavaciones? ¡Eso es magnífico, estupendo! El donativo más importante que se me ha ofrecido.

Poirot tosió.

—Desde luego, espero de usted un favor.

—¡Ah, sí!... Un *souvenir*..., algunos ejemplares de cerámica...

—No, no adivina usted mi pensamiento —interrumpió

Poirot, sin dar tiempo a que el arqueólogo se entusiasmase demasiado—. Se trata de mi secretaria, esa joven encantadora que ha visto usted esta noche... Si ella pudiera acompañarlos en su expedición...

Monsieur Dupont pareció decepcionado.

—Bueno —dijo, retorciéndose el bigote—, tal vez podamos arreglarlo. Tengo que consultarlo con mi hijo. Han de acompañarnos mi sobrino y su mujer. Será una expedición de familia. De todos modos, hablaré con Jean.

—Mademoiselle Grey siente una verdadera pasión por la cerámica. La prehistoria la fascina. Las excavaciones son la ilusión de su vida. Remienda calcetines y cose los botones de una manera admirable.

—Es un conocimiento utilísimo.

—¿Verdad que sí? Me estaba usted hablando de la cerámica de Susa...

Monsieur Dupont reanudó su animado monólogo, exponiendo sus teorías personales sobre Susa I y Susa II.

Al volver Poirot a su hotel, se encontró en el vestíbulo a Jane, que estaba despidiéndose de Jean Dupont.

Mientras se dirigían al ascensor, el belga dijo:

—Ya le he encontrado una colocación muy interesante. Esta primavera va usted a acompañar a los Dupont a Persia.

Jane se detuvo a mirarlo.

—¿Está loco?

—Cuando se lo propongan aceptará usted con grandes manifestaciones de alegría.

—No iré a Persia. Para entonces estaré en Muswell Hill o en Nueva Zelanda, con Norman...

Poirot la miró, guiñando amablemente un ojo.

—Hija mía, aún faltan algunos meses hasta marzo. Mostrarse alegre no es igual que aceptar el pasaje. Del mismo modo he hablado yo de un donativo, ¡pero no he firmado un cheque! Y a propósito, mañana he de comprar un libro que trate de la cerámica prehistórica oriental. He dicho que usted siente una verdadera pasión por estas materias.

Jane suspiró.

—¡Qué secretaria tan insegura la suya! ¿Tiene que decirme algo más?

—Sí. He dicho que remienda usted calcetines y cose botones a la perfección.

—¿Y también de eso debo hacer mañana una demostración?

—No estaría mal, si es que se toman en serio mi propuesta.

Capítulo 23

Anne Morisot

A las diez y media del siguiente día, el melancólico monsieur Fournier entró en la habitación y estrechó la mano del belga calmosamente. Se le veía más animado que de costumbre.

—Monsieur —dijo—, tengo algo que comunicarle. Por fin he comprendido el punto de vista que usted expuso en Londres acerca del hallazgo de la cerbatana.

—¡Ah! —exclamó Poirot, con alegría.

—Sí —dijo Fournier, cogiendo una silla—. He pensado mucho en lo que usted observó. No cesaba de repetirme: *Imposible que el crimen se haya cometido como nosotros creemos.* Y, por fin, vi una asociación de ideas entre lo que yo me repetía y lo que usted había dicho del hallazgo de la cerbatana.

Poirot escuchaba atentamente, sin decir nada.

—Aquel día, en Londres, razonaba usted así: *¿Por qué se encontró la cerbatana cuando habría sido tan fácil desprenderse de ella arrojándola por el ventilador?* Y creo tener la contestación a esto: *Se encontró la cerbatana porque el asesino deseaba que se encontrase.*

—¡Bravo! —exclamó Poirot.

—¿Está usted de acuerdo? Ya me lo figuraba. Y aún he dado otro paso. Me preguntaba: *¿Por qué deseaba el asesino que se encontrase la cerbatana?* Y a esto tuve que contestarme: *Porque la cerbatana no se utilizó.*

—¡Bravo! ¡Bravo! Razona usted igual que yo.

—Yo me dije: la flecha envenenada, sí; pero no la cerbatana. Por tanto, alguna otra cosa se utilizó para lanzar la flecha, algo que tanto un hombre como una mujer podía llevarse a los labios de la manera más natural y sin llamar la atención. Y me acordé de lo mucho que insistió usted en tener una lista completa de los objetos que se hallasen en el equipaje y encima de los viajeros. Lady Horbury llevaba dos boquillas y sobre la mesa de los Dupont había una serie de pipas kurdas.

Monsieur Fournier hizo una pausa y miró a Poirot. Éste no habló.

—Estas cosas podían llevarse a los labios sin que nadie se fijase. ¿Tengo o no razón?

Poirot dudó un momento antes de hablar:

—Está usted en la verdadera pista, pero va demasiado lejos... Y no se olvide de la avispa.

—¿La avispa? —repitió Fournier, abriendo una pausa—. No, no lo sigo a usted por ahí. No sé qué tiene la avispa que ver con esto.

—¿No lo ve? Pues es por donde voy...

Le interrumpió una llamada de teléfono. Cogió el receptor.

—Diga, diga. ¡Ah! Buenos días. Sí, el mismo, Hércules Poirot. —Y en un aparte dijo—: Es Thibault...

»Sí, sí, no faltaba más. Muy bien. ¿Y usted? ¿Monsieur Fournier? De primera. Sí. Ya ha llegado. Aquí está ahora mismo.

Apartando el aparato, dijo a Fournier:

—Ha ido a verle a usted a la Sûreté y le han dicho que había venido a verme aquí. Será mejor que hable usted con él. Parece excitado.

Fournier cogió el teléfono.

—Diga, diga. Sí, Fournier al habla... ¿Qué...? ¿Qué...? ¿Habla usted en serio...? Sí, ya lo creo... Sí... Sí, estoy seguro de que querrá. Vamos ahora mismo.

Dejó el aparato y miró a Poirot.

—Es la hija. La hija de madame Giselle.

—¡Cómo!

—Sí, ha venido a reclamar la herencia.

—¿De dónde ha venido?

—De América, creo. Thibault le ha rogado que volviese a las once y media. Y propone que vayamos a su casa.

—¡Por supuesto! Vamos enseguida... Dejaré una nota para mademoiselle Grey.

Escribió:

Un acontecimiento inesperado me obliga a salir. Si Jean Dupont viene o llama por teléfono, sea usted amable con él. Háblele de calcetines y de botones, pero aún no de prehistoria. ¡La admira a usted, aunque es inteligente!

Au revoir.

Hércules Poirot

—Ahora no perdamos tiempo, amigo —dijo, levantándose—. Esto es lo que estaba esperando..., que entrase en escena un personaje místerioso cuya presencia presentía. Pronto..., pronto lo entenderé todo.

Maître Thibault recibió a Poirot y a Fournier con gran afabilidad. Tras un intercambio de frases amables y después de contestar algunas preguntas, el abogado pasó a tratar el asunto referente a la heredera de madame Giselle.

—Ayer recibí una carta y esta mañana ha venido ella misma a visitarme.

—¿Qué edad tiene mademoiselle Morisot?

—Mademoiselle Morisot..., o mejor, la señora Richards, pues está casada, tiene exactamente veinticuatro años.

—¿Trae documentos para probar su identidad? —preguntó Fournier.

—Sí, ciertamente.

Cogió una carpeta y dijo abriéndola:

—Aquí está esto, para empezar.

Era una copia del certificado de matrimonio entre George Leman, soltero, y Marie Morisot, ambos de Quebec, con fecha de 1910. También había un certificado de nacimiento correspondiente a Anne Morisot Leman y otros documentos.

—Esto arroja cierta luz sobre el pasado de madame Giselle —dijo Fournier.

Thibault asintió.

—Según lo que he podido deducir —dijo—, Marie Morisot era niñera o costurera cuando conoció a Leman.

—Debía de ser un tunante que la dejó después de casarse, y por eso volvió a usar el nombre de soltera para su vida posterior.

—La niña fue admitida en el Instituto de Marie, en Quebec, y allí se educó. Marie Morisot o Leman se marchó luego de Quebec, supongo que con un hombre, y vino a Francia. De vez en cuando enviaba allá cantidades de dinero y, por fin, mandó una suma importante para que se la entregasen a su hija cuando cumpliera los veintiún años. Por aquel tiempo, Marie Morisot o Leman llevaba una vida irregular, y le pareció preferible cortar toda relación personal.

—¿Cómo supo la muchacha que era heredera de una fortuna?

—Hemos publicado discretos anuncios en varios periódicos y parece que uno de ellos llegó a la directora del Instituto de Marie, que escribió o telegrafió a la señora Richards, que estaba en Europa, a punto de embarcarse de regreso a Estados Unidos.

—¿Quién es Richards?

—Creo que un americano o canadiense de Detroit, fabricante de instrumentos quirúrgicos.

—¿No acompaña a su mujer?

—No, aún está en América.

—¿Podrá la señora Richards arrojar alguna luz sobre los posibles móviles del asesinato de su madre?

—No sabe nada de ella. Aunque alguna vez la directora le habló de su madre, ignora hasta el nombre que aquélla llevaba de soltera.

—Parece que su aparición en escena va a sernos de poca ayuda para resolver el problema del asesinato —advirtió Fournier—. He de confesar que no me hice grandes ilusiones al particular. He cambiado completamente de rumbo. Mis investigaciones se reducen a tres personas.

—A cuatro —puntualizó Poirot.

—¿Cree usted que son cuatro?

—Yo no digo que sean cuatro, pero teniendo en cuenta la idea que usted me expuso no puede limitarse a tres personas. Tenemos dos boquillas, las pipas kurdas y una flauta. No olvide usted la flauta, amigo.

Fournier lanzó una exclamación, pero en aquel momento se abrió la puerta y un viejo empleado dijo:

—La señora ha vuelto.

—¡Ah! —dijo Thibault—. Ahora verán ustedes a la heredera. Entre usted, señora. Permita que le presente a monsieur Fournier, de la Sûreté, encargado aquí de las investigaciones encaminadas a aclarar la muerte de su madre. Monsieur Poirot, a quien quizá conozca usted de nombre y que ha tenido la amabilidad de prestarnos su colaboración. Madame Richards.

La hija de Giselle era una joven agraciada y morena, que vestía con elegante sencillez.

Saludó a cada uno de los hombres alargándoles la mano y pronunciando unas palabras de agradecimiento.

—Me temo, señores, que aquí apenas tienen cabida mis sentimientos de hija. No he sido en toda mi vida más que una huérfana abandonada.

En contestación a las preguntas de Fournier, habló con caluroso agradecimiento de la Madre Angélique, la directora del Instituto de Marie.

—Ella sí que ha sido siempre buena conmigo.

—¿Cuándo dejó usted el Instituto, madame?

—A los dieciocho años, monsieur. Entonces empecé a ganarme la vida. Durante algún tiempo ejercí de manicura. Estuve también trabajando de modista. En Niza conocí a mi marido, que regresaba a Estados Unidos. Volvió en viaje de negocios a Holanda y nos casamos en Róterdam hace un mes. Desgraciadamente tuvo que volver a Canadá. Yo me quedé, pero ahora voy por fin a reunirme con él.

Anne Richards hablaba un francés correcto y fluido. Se comprendía oyéndola que era más francesa que inglesa.

—¿Cómo se enteró usted de la tragedia?

—Lo he leído en los periódicos, pero no supe, es decir, no pude adivinar que la víctima fuese mi madre. Luego recibí en París un telegrama de la Madre Angélique dándome las señas del abogado Thibault y recordándome el nombre de soltera de mi madre.

Fournier movió la cabeza pensativo.

Siguieron conversando un rato, pero estaba claro que la señora Richards podría servirles de muy poco en sus indagaciones. Nada sabía de la vida de su madre ni de lo relativo a sus negocios.

Después de apuntarse el nombre del hotel en que se alojaba, Poirot y Fournier se despidieron de ella.

—Está usted desencantado, *mon vieux* —dijo Fournier—. ¿Había usted concebido alguna idea acerca de esa muchacha? ¿Sospechaba que podría ser una impostora? ¿O acaso sigue usted sospechando que lo es?

Poirot movió la cabeza en actitud de desaliento.

—No, no creo que sea una impostora. Sus documentos no ofrecen ninguna duda... Pero es raro que me parezca haberla visto en alguna parte... o que me recuerde a alguien...

—¿Se parece a la muerta? —insinuó Fournier en tono de duda—. Seguramente no.

—No, no es eso..., me gustaría recordar... Estoy seguro de que he visto una cara parecida...

Fournier se lo quedó mirando lleno de curiosidad.

—Siempre le ha interesado a usted la hija abandonada.

—Por supuesto —contestó Poirot, levantando las cejas—. De todas las personas a quienes puede beneficiar la muerte de Giselle, esta joven es la que sale más beneficiada y de una manera más concreta, con una enorme fortuna.

—Cierto, ¿pero nos lleva eso a algún lado?

Poirot permaneció en silencio durante un par de minutos siguiendo el hilo de sus pensamientos. Luego dijo:

—Amigo mío, esa chica hereda una gran fortuna. No le sorprenda si he pensado desde el principio que podría estar complicada. Tres mujeres viajaban en aquel avión. Una de ellas, Venetia Kerr, es hija de una familia tan conocida como respetable. Pero ¿y las otras dos? Desde que Elise Grandier nos indujo a creer que el padre de la hija de madame Giselle era inglés, se me metió en la cabeza que una de las dos mujeres podía ser la hija. Ambas eran aproximadamente de la misma edad. Lady Horbury era una corista que actuó en las tablas con seudónimo. Miss Jane Grey, como me dijo una vez, se educó en un orfelinato.

—¡Ah, ah! —exclamó el francés—. ¿Todo eso ha estado usted pensando? Nuestro amigo Japp diría que se pasa usted de listo.

—Lo cierto es que siempre me acusa de complicar las cosas.

—¿Ve usted?

—Pero no es verdad. Siempre procedo de la manera más sencilla que pueda imaginarse. Y nunca me niego a reconocer los hechos.

—¿Está usted decepcionado? ¿Esperaba algo más de esa Anne Morisot?

Habían llegado al hotel de Poirot. Un objeto que había sobre el mostrador de la recepción le recordó a Fournier algo referente a cierta cuestión que Poirot había mencionado esa misma mañana.

—No le he dado las gracias por haberme apartado del error en que estaba. Tenía en cuenta las dos boquillas de lady Horbury y las pipas kurdas de los Dupont, y es algo imperdonable en mí que hubiera olvidado la flauta del doctor Bryant, aunque no sospechaba de él seriamente...

—¿No sospechaba usted?

—No. Nunca creería que fuese capaz...

Se calló. Un señor que estaba hablando con el conserje se volvió a coger la flauta y, al ver a Poirot, se le iluminó el rostro con una sonrisa de reconocimiento.

Poirot se adelantó mientras Fournier se retiraba discretamente a un lado para que el doctor Bryant no lo viera.

—Doctor Bryant —saludó Poirot, inclinándose.

Se estrecharon la mano. Una señora que estaba al lado de Bryant se alejó en dirección al ascensor, no sin que el belga la mirase con disimulo al decir:

—Bien, monsieur *le docteur*, ¿se han resignado sus pacientes a quedarse sin sus cuidados por unos días?

El doctor Bryant sonrió con aquella atractiva sonrisa que el otro recordaba tan bien.

—Ya no tengo pacientes —aclaró.

Y acercándose a una mesita vecina, invitó:

—¿Un vaso de *sherry*, monsieur Poirot, o algún otro *apéritif*?

—Gracias.

Se sentaron y el doctor ordenó las bebidas. Luego dijo lentamente:

—No, ya no tengo enfermos. Me he retirado.

—¿Una decisión repentina?

Calló mientras les servían. Luego, levantando la copa, explicó:

—Una decisión necesaria. Abandono la carrera por mi propia voluntad antes de que me echen del Colegio de Médicos. Todos llegamos a un punto decisivo de nuestra vida, monsieur Poirot, en que hemos de tomar una resolución. Mi carrera me interesa enormemente y siento una pena..., una gran pena al abandonarla. Pero me reclaman otras cosas... Se trata, monsieur Poirot, de la felicidad de un ser humano.

Poirot esperó en silencio que continuase.

—Es una señora... cliente mía..., la quiero con toda mi alma. Tiene un marido que la hace desgraciada, que se droga. Si fuera usted médico sabría lo que esto significa. Como ella no tiene dinero, no puede abandonarlo...

»He estado indeciso mucho tiempo, pero por fin he tomado una determinación. Me la llevo a Kenia, donde empezaremos una vida nueva. Espero que al fin se sienta un poco feliz. Ha sufrido tanto...

De nuevo se calló, para decir luego apresuradamente:

—Le cuento esto, monsieur Poirot, porque pronto será de dominio público, y cuanto antes lo sepa usted, mejor.

—Comprendo —dijo Poirot. Y tras breve pausa, añadió—: Veo que se lleva usted la flauta.

Míster Bryant sonrió.

—La flauta, monsieur Poirot, es mi mejor compañera... Cuando falla todo lo demás, siempre queda la música.

Y pasó sus manos cariñosamente por el estuche. Luego, haciendo una inclinación, se levantó.

Poirot le imitó.

—Mis sinceros deseos para un porvenir dichoso, monsieur *le docteur*..., en compañía de madame —dijo Poirot.

Cuando Fournier se acercó a su amigo, Poirot se había sentado a la mesa para preparar una conferencia telefónica con Quebec.

Capítulo 24

Una uña rota

—Y ahora, ¿qué? —exclamó Fournier—. ¿Acaso está intrigado con la herencia? Es una verdadera obcecación en usted.

—De ningún modo, de ningún modo. Pero en todo ha de haber orden y método. Hay que acabar una cosa antes de empezar otra.

Se volvió para mirar.

—Aquí está mademoiselle Jane. ¿Y si empezasen a almorzar? Enseguida me reuniré con ustedes.

Fournier accedió y entró con Jane al comedor.

—¿Y qué? —preguntó la joven con curiosidad—. ¿Cómo es ella?

—Es de estatura algo más que regular, morena, de complexión robusta, barbilla saliente...

—Habla usted como un pasaporte. Las señas de mi pasaporte parecen un insulto. Se componen todas de medios y regulares. Nariz, media; boca, regular... ¡Vaya un modo de describir una nariz...! Frente, regular, barba, regular.

—Pero los ojos no son regulares —observó Fournier.

—Son entre azules y grises, que no es por cierto una combinación muy atractiva.

—¿Y quién le ha dicho que no es atractiva? —dijo Fournier, inclinándose sobre la mesa.

Jane rio.

—Domina usted bastante el inglés. Dígame algo más de Anne Morisot... ¿Era guapa?

—*Assez bien* —dijo Fournier con cautela—. Y además no es Anne Morisot, es Anne Richards. Está casada.

—¿Han visto también al marido?

—No.

—¿Por qué no?

—Porque está en Canadá o en Estados Unidos.

Le explicó algunas circunstancias de la vida de Anne y, cuando ya estaba agotado el tema, se les unió Poirot, que parecía un poco desalentado.

—¿Qué hay, *mon cher*? —le preguntó Fournier.

—He hablado con la directora..., con la misma Madre Angélique. El teléfono transatlántico es algo maravilloso... ¡Eso de poder hablar con alguien que está casi al otro lado del mundo...!

—También es admirable la fotografía telegráfica. La ciencia es lo más maravilloso del mundo. Pero ¿qué iba usted a decir?

—He hablado con la Madre Angélique. Me ha confirmado lo que la señora Richards nos ha dicho de las circunstancias de su educación en el Instituto de Marie. Me ha hablado con total franqueza de su madre, que se marchó a Quebec con un francés comerciante de vinos. Se ha manifestado aliviada al saber que la chica no caería bajo la influencia de su madre. En su opinión, Giselle era una perdida. Ésta mandaba regularmente dinero, pero nunca manifestó deseos de ver a su hija.

—En fin, que la conversación no ha sido más que una repetición de lo que hemos oído esta mañana.

—Casi lo mismo, pero con más pormenores. Anne Morisot dejó el Instituto hace seis años para trabajar como manicura; luego se colocó como doncella de compañía, y en calidad de tal salió de Quebec rumbo a Europa. No escribía con frecuencia, pero la Madre Angélique tenía noticias de ella dos veces al año. Cuando leyó en los periódicos que se instruía el sumario judicial sospechó que aquella Marie Morisot era con toda probabilidad la Marie Morisot que había vivido en Quebec.

—Y el marido, ¿qué? —preguntó Fournier—. Ahora que sabemos que Giselle se casó, el marido podría ser un elemento a tener en cuenta.

—Ya he pensado en eso. Ha sido una de mis razones para telefonear. George Leman, el marido de Giselle, murió en los primeros días de la guerra.

Hizo una pausa y de pronto preguntó:

—¿Qué he dicho hace poco...? No, mi última observación..., la de antes. Me parece que, sin darme cuenta, he dicho algo importante.

Fournier repitió lo mejor que supo cuanto había dicho Poirot, pero el belga movió la cabeza con disgusto.

—No, eso no. Bueno, dejémoslo.

Y volviéndose a Jane entabló una animada conversación.

Cuando acabaron de comer Poirot propuso tomar el café en el salón.

Jane se mostró enseguida de acuerdo y alargó la mano para coger los guantes y el bolso. Pero, al hacerlo, dio un ligero respingo.

—¿Qué es esto, mademoiselle?

—¡Oh! Nada —rio Jane—. Que se me ha roto una uña.

Poirot volvió a sentarse pausadamente, exclamando por lo bajo:

—*Nom d'un nom d'un nom!*

Sus compañeros le miraron con sorpresa.

—Monsieur Poirot —exclamó Jane—. ¿Qué es eso?

—Es que ahora recuerdo por qué me es conocida la cara de Anne Morisot. ¡Como que la había visto... en el avión el día del asesinato! Lady Horbury mandó a buscarla para pedirle una lima para las uñas. Anne Morisot era la doncella de lady Horbury.

Capítulo 25

«Tengo miedo»

Tan inesperada revelación produjo una honda impresión en los tres comensales.

Lejos de ser una persona ajena por completo a la tragedia, Marie Morisot había estado presente en la escena del crimen. Los tres tardaron en reponerse del efecto que aquello les causó.

Poirot agitaba frenéticamente sus manos, cerrando los ojos, como para espantar una visión horrible.

—Un momento..., un momento... —rogó—. Necesito reflexionar, necesito ver cómo afecta esto a las ideas que tenía hilvanadas. He de dar una mirada retrospectiva. He de recordar... ¡Maldito mil veces mi desgraciado estómago! ¡Sólo me preocupaban las sensaciones internas!

—¿De modo que también ella estaba en el avión? —preguntó Fournier, sin que hiciera falta—. Ahora, ahora empiezo a comprender.

—Recuerdo —dijo Jane—. Una muchacha alta y morena.

Y cerró los ojos en un esfuerzo de memoria.

—Madeleine —dijo Poirot—. Lady Horbury la mandó al otro extremo de la cabina a buscar un maletín de color rojo.

—¿Quiere usted decir que esa muchacha pasó por detrás del asiento de su madre? —preguntó Fournier, con vivo interés.

—Así fue.

—Ya tenemos el móvil y la ocasión —afirmó el inspector—. Sí, lo tenemos todo.

Luego, con una vehemencia que contrastaba con su carácter comedido y melancólico, descargó un puñetazo sobre la mesa, gritando:

—Pero, *parbleu!* ¿Por qué nadie dijo nada de esto antes? ¿Por qué no se la incluyó entre los sospechosos?

—Ya se lo he dicho, amigo, ya se lo he dicho. Mi desgraciado estómago es el culpable.

—Sí, sí, eso se comprende, pero es que hay otros estómagos sanos: los mozos, los otros pasajeros.

—Tal vez se debía a que esto sucedió muy temprano —observó Jane—. Apenas habíamos salido de Le Bourget, y Giselle estaba viva y perfectamente una hora después de que apareciese la doncella. Todo hace suponer que la mataron mucho después.

—Es curioso —dijo Fournier, pensativo—. ¿No puede haber una acción que retrase el efecto del veneno? A veces se dan tales fenómenos.

Poirot gruñó y dejó caer la cabeza entre las manos.

—He de pensar, he de pensar... No es posible que el enlace de mis ideas sea un completo error.

—*Mon vieux* —dijo Fournier—, esas cosas suelen suceder. Me han pasado a mí. También es posible que le pasen a usted. A veces no hay más que guardarse en el bolsillo el orgullo y rectificar las ideas.

—Es verdad —convino Poirot—. Tal vez le haya estado dando demasiada importancia a un indicio que no la tenía. Esperaba hallar cierta clave. Pero si desde el comienzo me equivoqué, si lo que tomé por firme articulación no era más que un mero accidente..., en tal caso, sí, confesaré que estaba equivocado.

—No podemos cerrar los ojos ante el nuevo giro que toman ahora las cosas —observó Fournier—. Tenemos el móvil y la ocasión. ¿Qué más podemos desear?

—Nada. Debe ser lo que usted dice. La acción retardada del veneno es sin duda algo extraordinario, casi podríamos decir que imposible. Pero se ve que en cuestión de veneno hasta lo imposible puede esperarse. Hay que tener en cuenta la idiosincrasia...

De pronto se calló.

—Hemos de trazarnos un plan de campaña —dijo Fournier—. De momento creo que sería imprudente despertar las sospechas de Anne Morisot. Ignora por completo que usted la ha reconocido. Hemos dado por aceptada su buena fe. Sabemos el hotel en que vive y podemos ponernos en contacto con ella por medio de Thibault. Las formalidades legales pueden diferirse. Tenemos dos puntos establecidos: ocasión y móvil. Aún tenemos que probar que Anne Morisot dispusiese de veneno de serpiente. También tenemos el saco del americano que compró la cerbatana y sobornó a Jules Perrot. Sólo sabemos que está en Canadá porque ella lo ha dicho.

—Como usted dice, el marido... Sí, el marido. ¡Ah! ¡Espere..., espere!

Poirot se oprimió las sienes con las manos.

—¡Qué mal funciona esto! —murmuró—. No soy capaz de poner orden ni en mi cerebro. No hago más que dar saltos hacia las conclusiones. Pero acaso lo que pienso es lo cierto. No, no marcha. Si mi idea original era buena, es inútil que me esfuerce en pensar...

Se calló.

—Perdone usted —dijo Jane.

Poirot se obstinó en el silencio. Luego apartó las manos de sus sienes, se irguió en su asiento y cambió de puesto dos tenedores y un salero que molestaban su sentido de la simetría.

—Razones —dijo por fin—. Anne Morisot es culpable o inocente del crimen. Si es inocente, ¿por qué ha mentido? ¿Por qué ha ocultado el hecho de ser la doncella de lady Horbury?

—Sí, ¿por qué? —preguntó Fournier.

—De modo que diremos que Anne Morisot es culpable porque ha mentido. Pero espere. Supongamos que mi primera suposición era correcta. ¿Se deduce de ello la culpabilidad o la mentira de Anne Morisot? Sí, sí, ello nos permite sentar una premisa. Pero en este caso, y si la premisa es correcta, Anne Morisot no habría estado en el avión para nada.

Sus compañeros de mesa lo contemplaban cortésmente y con un cierto interés.

Fournier pensaba:

«Ahora comprendo que el inglés Japp diga que este viejo anda buscando dificultades. Ahora trata de complicar un asunto que se presenta sencillo. Se resiste a aceptar una solución tan clara porque se contradice con sus ideas preconcebidas».

Jane pensaba:

«No comprendo nada de lo que dice... ¿Por qué no había de estar la chica en el avión? Tenía que ir a donde lady Horbury la mandase... Realmente, me parece que es un charlatán...».

De repente Poirot respiró a pleno pulmón.

—Claro —dijo—. Es posible, y será muy sencillo cerciorarse.

Se levantó.

—¿Y ahora qué, amigo? —le preguntó Fournier.

—Otra vez al teléfono —dijo Poirot.

—¿Al transatlántico de Quebec?

—Esta vez es una mera llamada a Londres.

—¿A Scotland Yard?

—No, a casa de lord Horbury, en Grosvenor Square. Eso si tengo la suerte de que se encuentre lady Horbury en casa.

—Cuidado, amigo, que si Anne Morisot sospecha que la hacemos objeto de indagaciones se nos va a estropear el negocio. Sobre todo no la alarmemos.

—No tenga miedo. Seré discreto. Sólo pienso hacer una pregunta sin importancia, la pregunta más inofensiva. ¿Quiere usted venir conmigo?

—No, no.

—Me interesa que venga.

Los dos hombres salieron, dejando a Jane sola.

Tardaron en ponerlos en comunicación, pero Poirot estuvo de suerte. Lady Horbury estaba comiendo en casa.

—Bueno. Avise usted a lady Horbury de que monsieur Hércules Poirot desea hablarle desde París. —Pausa—. ¿Es usted, lady Horbury? No, no, todo va bien. Le aseguro a usted que todo marcha bien. No se trata de eso. Deseo que me conteste a una pregunta. Sí... ¿Cuando usted iba de París a Inglaterra en avión solía acompañarla su doncella o viajaba en el tren? En tren... De modo que en aquella ocasión... Comprendo... ¿Está segura? ¡Ah! ¿Se ha despedido? La dejó de repente al recibir una noticia. *Mais oui*, negra ingratitud. Es verdad. ¡Son un hatajo de ingratas! Sí, sí, exacto. No nos hace falta que se moleste.

Dejó el aparato y se volvió a Fournier con ojos brillantes.

—Oiga, amigo: la doncella de lady Horbury acostumbraba a viajar en tren y en vapor. El día en que mataron a Giselle, lady Horbury decidió a última hora que Madeleine hiciese el viaje también en avión.

Cogió al francés del brazo y dijo:

—Pronto, amigo mío. Debemos ir corriendo a su hotel. Si no me equivoco, y me parece que estoy en lo cierto, no hay tiempo que perder.

Fournier se quedó sorprendido, pero no pudo formular ni una pregunta porque Poirot ya se había lanzado a tomar la puerta giratoria que daba acceso a la calle. Corrió tras él.

—Pero no acabo de comprender. ¿Qué pasa?

El detective abrió la portezuela de un taxi, subió empujando al inspector y dio al chófer las señas del hotel de Anne Morisot.

—Y a toda marcha, pero a toda marcha.

—¿Qué mosca le ha picado? ¿Por qué esta prisa?

—Porque, amigo mío, si no me equivoco, Anne Morisot está en inminente peligro...

—¿Usted cree?

Fournier no pudo disimular un tono de escepticismo.

—Tengo miedo —dijo Hércules Poirot—. Miedo. *Bon Dieu*..., ¡qué poco corre este coche!

—Corre tan poco que de un momento a otro vamos a tener un percance —dijo secamente Fournier—. Y hemos dejado plantada a mademoiselle Grey, que estará esperando nuestro regreso del teléfono, sin una palabra de excusa. ¡Eso no es muy educado!

—¿Qué importa la cortesía o descortesía en una cuestión de vida o muerte?

—¿Vida o muerte? —murmuró Fournier encogiéndose de hombros.

Y pensó:

«Está muy bien, pero este loco lo echará todo a perder. En cuanto la muchacha huela que le seguimos el rastro...».

Y dijo con acento persuasivo:

—Sea usted razonable, monsieur Poirot. Debemos proceder con cautela.

—Usted no comprende. Tengo miedo..., miedo...

El taxi se detuvo lanzando un chirrido ante el hotel de Anne Morisot.

Poirot saltó a la acera y casi se tropezó con un joven que salía del hotel.

Se quedó de piedra al verlo.

—Otra cara conocida... Pero ¿dónde lo he visto...? ¡Ah! Ya recuerdo..., es el actor Raymond Barraclough.

Al ir a entrar en el hotel, Fournier lo detuvo sujetándolo.

—Monsieur Poirot, siento un gran respeto, una honda admiración por sus métodos, pero creo firmemente que no debemos precipitarnos. En Francia soy yo el responsable de la dirección de este caso...

Poirot le interrumpió:

—Me hago cargo de su celo, pero no hay ninguna precipitación por mi parte. Preguntaremos al conserje. Si madame Richards está aquí y si todo marcha bien, nada habremos perdido y podremos discutir con calma nuestro futuro plan de conducta. ¿Tiene usted algo que oponer a esto?

—No, no; claro que no.

—Está bien.

Poirot empujó la puerta giratoria y se dirigió al encargado de recepción, seguido de Fournier.

—Creo que está hospedada en este hotel una tal señora Richards.

—No, monsieur. Estaba aquí, pero se ha marchado hoy.

—¿Se ha marchado? —preguntó Fournier.

—Sí, monsieur.

—¿Cuándo se ha marchado?

—Hace una media hora.

—¿Ha sido una marcha improvisada? ¿Adónde ha ido?

El empleado se irguió ante esta pregunta y parecía poco dispuesto a contestar; pero cuando Fournier le mostró la credencial, cambió de tono y se mostró dispuesto a presentar cuanta ayuda estuviese a su alcance.

La señora no había dejado señas. Creía que su marcha se debía a un súbito cambio de planes. Antes había dicho que se proponía pasar una semana.

Más preguntas. Se interrogó al conserje, a los mozos de equipaje, a los encargados del ascensor.

Según el conserje, un caballero preguntó por ella durante su ausencia, la esperó y comieron juntos. ¿Qué caballero? Un americano... muy americano. Ella se quedó sorprendida al verlo. Después de comer, la señora dio órdenes de que le bajasen el equipaje y se marchó en un taxi.

¿Adónde se habían dirigido? A la estación del Norte...,

al menos ésa fue la orden que dio al chófer. ¿Y el americano se fue con ella? No, se fue sola.

—La estación del Norte —observó Fournier—. Es la ruta de Inglaterra. El expreso de las dos. Pero también puede haber querido despistar. Debemos telefonear a Boulogne e intentar que el taxi sea detenido.

Diríase que el miedo de Poirot se había contagiado a Fournier.

La cara del francés reflejaba viva ansiedad.

Con gran rapidez y eficacia puso en movimiento la maquinaria de la policía.

Eran las cinco cuando Jane, que esperaba en la recepción con un libro abierto entre las manos, levantó la cabeza y vio entrar a Poirot. Quiso protestar, pero las palabras se le helaron en la boca al ver la cara que traía su jefe.

—¿Qué ha ocurrido? —preguntó—. ¿Ha pasado algo?

Poirot le cogió las manos.

—La vida es algo terrible, mademoiselle —dijo.

El tono con que pronunció estas palabras hizo estremecer a Jane.

—Pero ¿qué pasa? —volvió a preguntar.

El belga habló lentamente.

—Cuando el tren de la costa llegó a Boulogne se encontró a una señora en un departamento de primera clase... Estaba ya muerta.

Jane palideció.

—¿Anne Morisot?

—Anne Morisot. Tenía en la mano una botella azul que contenía ácido hidrociánico.

—¡Oh! —exclamó Jane—. ¿Un suicidio?

Poirot tardó en contestar. Luego dijo, como quien escoge con prudencia las palabras:

—Sí, la policía cree que se trata de un suicidio.

—¿Y usted?

Poirot extendió los brazos en actitud muy expresiva.

—¿Qué otra cosa se puede creer?

—¿Por qué se mataría? ¿Por remordimiento... o por miedo a ser detenida?

Poirot agitó la cabeza, pensativo:

—¡Qué cosas más horribles tiene la vida! Se necesita mucho valor.

—¿Para matarse? Sí, siempre lo he pensado así.

—También para vivir se necesita valor —dijo Poirot.

Capítulo 26

Charla de sobremesa

Al día siguiente Poirot salió de París. Jane se quedó allí con una lista de encargos que cumplir, la mayor parte de los cuales no tenían para ella el menor sentido, aunque procuró hacerlos lo mejor que pudo. Vio a Jean Dupont dos veces. Éste le habló de la expedición de la que ella debía tomar parte y Jane no osó desengañarle sin el consejo de Poirot, de modo que siguió la conversación como Dios le dio a entender, hasta que encontró la manera de cambiar de asunto.

Cinco días después, un telegrama la llamó a Inglaterra.

Norman fue a recogerla a la estación Victoria y hablaron de los recientes sucesos.

Se había dado escasa importancia al suicidio. En los periódicos apareció una breve noticia dando cuenta de la muerte de una tal señora Richards, canadiense, en el expreso París-Boulogne. Y nada más. Nadie había relacionado el hecho con el asesinato del avión.

Tanto Norman como Jane tenían el ánimo predispuesto a la alegría. Esperaban que en breve todas sus inquietudes habrían terminado. Aunque Norman no estaba tan lleno de esperanzas como Jane.

—Pueden sospechar que ella misma se ha suicidado y probablemente no se molestarán en proseguir las pesquisas, y si el caso no se prueba de una manera pública no sé qué va a ser de unos pobres diablos como nosotros. Desde el punto de vista de la opinión pública seguiremos envueltos en sospechas como hasta ahora.

Lo mismo le dijo a Poirot cuando unos días después se lo encontró en Piccadilly.

Poirot sonrió.

—Es usted como todos. Me tomaron por un viejo chocho, incapaz de hacer nada de provecho. Oiga, ¿por qué no viene a cenar esta noche conmigo? Vendrá Japp y también nuestro amigo míster Clancy. He de comunicarles algo que puede interesarles.

La cena transcurrió agradablemente. Japp estaba de buen humor y adoptó un aire protector. Norman se mostraba interesado. Míster Clancy estaba tan excitado como cuando identificó la flecha fatal.

Y nadie hubiera dicho que Poirot trataba abiertamente de impresionar al escritor.

Después de tomar el café, el belga se aclaró la garganta con cierto embarazo no exento de la importancia que quería darse.

—Amigos míos —empezó diciendo—, míster Clancy me ha expresado su interés por conocer lo que él llamaría «mis métodos, Watson». (*C'est ça, n'est-ce pas?*) Propongo, si no he de fatigarles... —abrió una pausa significativa, y Norman y Japp se apresuraron a decir que no, que sería muy interesante—, explicarles un resumen de los métodos que he seguido en mis investigaciones de este caso.

Se calló para consultar sus notas. Japp murmuró al oído de Norman:

—Y es capaz de creérselo, ¿verdad? Todos los hombres desmedrados tienen esas pretensiones.

Poirot le dirigió una mirada de reproche mientras hacía sonar su garganta:

—¡Ejem!

Tres caras se volvieron atentas hacia él.

—Empezaré desde el principio, amigos míos. Me situaré en el correo aéreo *Prometheus* en el día del desgraciado viaje desde París a Croydon. Les expondré las impresiones que recibí aquel día y las ideas que me sugirieron, y pasaré luego a explicarles cómo se confirmaron o modificaron en virtud de posteriores observaciones.

»Poco antes de llegar a Croydon, el camarero se acercó al doctor Bryant, y éste se levantó y fue a examinar el cadáver. Yo los acompañé presintiendo que tal vez pudiera interesarme aquello personalmente desde el punto de vista profesional, lo que ocurre cuando me hallo ante un caso de muerte repentina. Los casos de muerte los divido en dos clases: muertes que reclaman mi intervención y muertes que no la reclaman, y aunque estos casos son infinitamente más numerosos, siempre que me hallo ante un cadáver parezco un perro que levanta la nariz y husmea el aire.

»El doctor Bryant confirmó el temor del camarero respecto a la defunción de la viajera. Claro que respecto a la causa de la muerte no podía emitir su juicio sin examinar atentamente el cadáver. Y entonces fue cuando monsieur Jean Dupont lanzó la conjetura de que la muerte pudo producirse por los efectos de una picadura de avispa, y en apoyo de su hipótesis mostró una avispa que acababa de matar.

»Era una conjetura que por no carecer de fundamento parecía muy aceptable. Se veía la señal en el cuello de la muerta, señal muy semejante a la que deja el aguijón de una avispa, y además estaba el hecho innegable de la existencia del insecto en el avión.

»Pero yo tuve la suerte de mirar al suelo y de descubrir lo que a primera vista hubiera podido tomarse por otra avispa muerta. Pero en realidad era una extraña púa envuelta en un copito de seda amarilla y negra.

»Fue entonces cuando se acercó míster Clancy y afirmó que aquello era una flecha de las que algunas tribus lanzan con cerbatana. Luego, como ustedes ya saben, se descubrió este instrumento.

»Cuando llegamos a Croydon bullían en mi cerebro diversas ideas. Una vez que me vi en tierra, mi cerebro empezó a funcionar con su acostumbrada claridad.

—Siga, monsieur Poirot —dijo Japp, haciendo una mueca—. Prescinda de la falsa modestia.

Poirot lo miró y reanudó su discurso.

—Una idea dominaba en mi cabeza, como en la de los otros, y era la audacia de un crimen cometido de aquel modo y el hecho sorprendente de que hubiera pasado inadvertido para todos.

»Otros dos puntos me interesaban. Uno era la oportuna presencia de la avispa. El otro, el hallazgo de una cerbatana. Como tuve ocasión de hacer observar a mi amigo Japp, ¿por qué diablos no se desprendió de ella el asesino arrojándola por el ventilador de la ventanilla? La púa por sí sola habría sido difícil de identificar, pero una cerbatana que aún conservaba vestigios de su etiqueta ya era otra cosa.

»¿Qué se deducía de esto? Sencillamente, que el asesino deseaba que se encontrase la cerbatana.

»Pero ¿por qué? Sólo es lógica una contestación. Si se encontraban una flecha envenenada y una cerbatana, se supondría que la púa fue disparada con canuto. Por consiguiente, el crimen no se había cometido de aquel modo.

»Por otra parte, como tenía que demostrarse científicamente, la muerte se debía al veneno de la púa. Esto abrió mis ojos y me hizo pensar. ¿Cuál era la manera más segura de hincar la púa en la yugular? Y la contestación no ofrece dudas. Poniéndola con la mano.

»Inmediatamente apareció clara la necesidad de que se encontrara la cerbatana. La cerbatana sugería inevitablemente la idea de la distancia. Si mis cálculos no estaban equivocados, la persona que mató a Giselle se acercó decididamente a la mesa de ésta y se inclinó sobre su víctima.

»¿Concurría tal circunstancia en algunas personas? Sí, en dos personas. Los dos camareros pudieron acercarse a madame Giselle e inclinarse sobre ella, sin que nadie notara nada anormal.

»¿Pudo hacer eso algún otro?

»Les diré que pudo hacerlo míster Clancy. Era el único viajero que había pasado por detrás del asiento de madame Giselle... y recuerdo que fue el primero en llamar la atención sobre el procedimiento mortal de la cerbatana y de la flecha envenenada.

Míster Clancy se levantó de un salto.

—Protesto —gritó—. Protesto. Esto es una infamia.

—Siéntese —le dijo Poirot—. Aún no he terminado. Quiero exponerles paso a paso cómo llegué a mis conclusiones.

»Tenía a tres personas como presuntos autores: Mitchell, Davis y míster Clancy. Ninguno de los tres me dejaba convencido, aunque era preciso realizar más indagaciones.

»Recapacité luego sobre las posibilidades que ofrecía la avispa. ¡Qué interesante era este insecto! En primer lugar, nadie se había fijado en él hasta que se sirvió el café. Esta circunstancia era ya muy curiosa. En mi opinión, el asesino se propuso dar al mundo dos soluciones distintas de la tragedia. Según la primera y más sencilla, madame Giselle sufrió una picadura de avispa y sucumbió a un ataque cardíaco. El éxito de esta solución dependía de que el asesino pudiera recoger o no la púa. Japp convino conmigo en que esto podía hacerse fácilmente, ya que aquel juego de manos se realizó tan limpiamente que nadie vio nada. Además, tenernos que la seda se había pintado de amarillo para darle la semejanza de una avispa.

»El asesino, pues, se acercó a su víctima, le clavó la púa y ¡dejó en libertad a la avispa! El veneno es tan activo que produce la muerte repentina. Si Giselle gritaba, nadie la oiría con el ruido del motor; pero, en caso de que alguien la oyese, ya estaba zumbando la avispa por la cabina para justificar el grito. El insecto había picado a la pobre mujer.

»Tal era, como digo, el plan número 1. Pero suponiendo, como realmente pasó, que se descubriera la púa envenenada antes de que el criminal pudiera recogerla, la situación del asesino era más peliaguda. La muerte natural es inaceptable. En vez de arrojar la cerbatana por la ventana hay que esconderla donde se la pueda encontrar cuando se registre el avión, y enseguida surgirá la idea de que se tiene el cuerpo del delito, se admitirá que se disparó a distancia y se encauzarán las sospechas en determinada dirección.

»Ya tengo, pues, una teoría del crimen y mis sospechas contra tres personas, que pueden extenderse a cuatro. Monsieur Jean Dupont, que atribuyó la muerte a una picadura de avispa, era el que se sentaba más cerca de Giselle y podía levantarse sin que nadie se fijara. Por otra parte, no me atrevería a admitir que se hubiese arriesgado tanto.

»Concentré mis pensamientos en el problema de la avispa. Si el asesino llevaba encima una avispa para soltarla en el momento psicológico, debió traerla encerrada en una cajita o algo por el estilo.

»De aquí mi interés por saber lo que traían los pasajeros encima y en su equipaje.

»Y he aquí que llegué a un resultado totalmente inesperado. Encontré lo que buscaba, pero no en la persona que esperaba. En el bolsillo de míster Norman Gale había una cajita de cerillas vacía. Pero, según todos declaraban, míster Gale no había cruzado el avión. Sólo se levantó, fue al lavabo y volvió a su asiento.

»Y, a pesar de todo, aunque parezca imposible, había una manera mediante la cual míster Gale pudo cometer el crimen, como inducía a creer el contenido de su maletín de mano.

—¿Mi maletín? —preguntó Norman Gale, entre alegre y sorprendido—. Ni yo recuerdo las cosas que llevaba.

Poirot le dirigió una amable sonrisa.

—Espere un poco. Ya hablaremos de eso. Ahora estoy exponiendo mis primeras impresiones.

»Como iba diciendo, tenía cuatro personas más que podían haber cometido el crimen desde el punto de vista de la posibilidad: los dos camareros, Clancy y Gale.

»Luego estudié el caso en otro aspecto, el del motivo. ¡Si el motivo coincidía con la posibilidad tenía en mi poder al asesino! ¡Pero, ay, no llegué a un resultado satisfactorio! Mi amigo Japp me acusó de tendencia a complicar las cosas, aunque les confieso que procedí en la investigación del motivo de la forma más sencilla del mundo. ¿A quién beneficiaría la desaparición de madame Giselle? Desde luego a su hija, ya que ella heredaría una fortuna. Había otras personas que estaban en poder de madame Giselle, por algo que sabemos. Era un trabajo de eliminación. Sólo de uno de los pasajeros del avión tenía la certeza de que se hallaba complicado en los negocios de Giselle, y era lady Horbury.

»Lady Horbury tenía evidentes motivos para desear la muerte de Giselle. La noche anterior le había hecho una visita, en París. Se hallaba en situación apurada y tenía un amigo, un joven actor, que podía muy bien ser el americano que compró una cerbatana y sobornó al empleado de la compañía aérea para forzar a Giselle a viajar en el correo del mediodía.

»El problema quedaba sólo resuelto a medias. No sabía cómo era posible que lady Horbury hubiese cometido el crimen, y no llegaba a comprender el motivo que podían tener los camareros, míster Clancy y míster Gale para cometerlo.

»Pero nunca perdí de vista el término del problema que me ofrecía la hija y heredera, aún desconocida, de Giselle. ¿Estaba casado alguno de mis cuatro sospechosos?... Y, en tal caso, ¿sería el marido de Anne Morisot? Si su padre era inglés, ella debió de criarse en Inglaterra. Pronto descarté a la mujer de Mitchell, que era una castiza de Dorset. Davis tenía relaciones con una muchacha cuyos padres viven.

Míster Clancy era soltero. Míster Gale estaba evidentemente enamorado de miss Jane Grey.

»He de advertir que examiné cuidadosamente los antecedentes de miss Grey, sabiendo por ella, en el transcurso de algunas observaciones, que se crio en un orfelinato cerca de Dublín. Pero pronto me convencí de que miss Grey no era la hija de Giselle.

»Confeccioné una estadística de resultados obtenidos. Los camareros ni ganaron ni perdieron con la muerte de madame Giselle, a no ser lo mucho que impresionó a Mitchell. Míster Clancy planeaba un libro inspirado en el asunto y esperaba ganar dinero. Míster Gale perdía a sus pacientes. Poco adelantaba con esto en mis investigaciones.

»Y, no obstante, ya entonces estaba convencido de que míster Gale era el asesino, por la caja de cerillas vacía y por el contenido de su maletín. Aparentemente, perdió en vez de ganar con la muerte de Giselle; pero las apariencias pueden engañar.

»Decidí cultivar su amistad. Sé por experiencia que nadie que hable mucho deja de delatarse a la corta o a la larga. Todos tienden a hablar de sí mismos.

»Procuré conquistar la confianza de míster Gale. Fingí fiarme de él y hasta solicité su ayuda, convenciéndole para que me la prestase en un falso chantaje contra lady Horbury. Y entonces fue cuando cometió su primera equivocación.

»Le propuse que se caracterizase un poco y se dispuso a representar su papel como un ridículo mamarracho. Aquello fue una farsa. Nadie, estoy seguro, hubiera representado el papel tan mal como él se proponía hacerlo. ¿Qué razón tenía para aquello? Pues que, sabiendo que él era el culpable, temía manifestarse como un buen actor... Pero cuando yo enmendé su exagerado disfraz quedó de manifiesto su habilidad artística. Representó su papel a las mil maravillas, y lady Horbury no le reconoció. Entonces me convencí de que podía haberse presentado en París como un americano y de que en el *Prometheus* podía haber representado también su papel.

»Entonces empezó a preocuparme seriamente mademoiselle Grey. O estaba complicada en el asunto o era inocente del todo, y en este caso se convertiría en víctima, ya que un día podría despertarse siendo la mujer de un asesino. ¡Eso sería terrible!

»Para impedir un matrimonio lamentable, me llevé a mademoiselle a París en calidad de secretaria.

»Y mientras estábamos allí se presentó la desconocida heredera a reclamar la fortuna. Me quedé intrigado con una semejanza que no podía personalizar. Hasta que al fin la identifiqué, aunque demasiado tarde...

»El hecho de que hubiese viajado en el avión y de que hubiera mentido respecto al particular desbarató todos mis cálculos. Ella era, sin género de dudas, la persona culpable que buscábamos.

»Pero si era culpable tenía un cómplice en el hombre que compró la cerbatana y sobornó a Jules Perrot.

»¿Quién era ese hombre? ¿Su marido?

»Y, de pronto, se me ofreció la verdadera solución, es decir, la verdadera si podía comprobar un punto.

»Para que mis cálculos estuviesen limpios de error, Anne Morisot no debía viajar en el avión.

»Telefoneé a lady Horbury y me contestó satisfactoriamente. Su doncella, Madeleine, viajaba en ese vuelo por mera casualidad, por haberlo decidido su señora a última hora, como un caso excepcional.

Poirot hizo una pausa.

Míster Clancy observó:

—¡Hum! Pero no veo bien probada mi inocencia.

—¿Cuándo dejó de sospechar que yo fuese el asesino? —preguntó Norman.

—Nunca. Usted es el asesino. Espere y se lo diré todo. Hace una semana que Japp y yo estamos trabajando... Es verdad que usted se hizo dentista para complacer a su tío... John Gale. Adoptó usted su nombre cuando se estableció como socio de él, pero era usted hijo de su hermana, no de su hermano. Su nombre verdadero es Richards. Como Richards conoció usted a Anne Morisot el invierno pasado en Niza, cuando estaba allí con su señora. Lo que ella nos contó de su infancia es cierto, pero la segunda parte de la historia se la inventó usted. No es cierto que ella ignorase el nombre de soltera de su madre. Giselle estaba en Montecarlo, allí era muy conocida y se la llamaba por su nombre de pila. Usted pensó que podría apropiarse de su enorme fortuna y acarició la idea, tan grata a su carácter de jugador. Por Anne Morisot supo la relación que existía entre lady Horbury y Giselle. Concibió enseguida el plan del crimen. Giselle debía morir de tal modo que todas las sospechas recayesen en lady Horbury. Maduró su plan y éste fructificó. Sobornó al empleado de la compañía aérea para que Giselle viajase en el mismo vuelo que lady Horbury. Anne Morisot le había dicho a usted que ella viajaría en tren, y no esperaba verla en el avión. Esto trastornó seriamente sus planes. Si se descubría que la hija y heredera de Giselle había viajado en ese vuelo todas las sospechas recaerían sobre ella. Su idea original era que ella reclamase la herencia probando la coartada de un modo perfecto, ya que Anne estaría en el tren o en el barco mientras se cometiese el crimen, y entonces se casaría usted con ella.

»La muchacha estaba loca por usted, pero a usted lo que le interesaba era el dinero, y no la joven.

»Se añadió una nueva complicación a sus planes. En Le Pinet vio usted a Jane Grey y se enamoró apasionadamente de ella, y su pasión le llevó a un juego peligroso.

»Quería usted dinero y a la mujer que amaba. Cometiendo un asesinato por dinero no renunciaba usted a recoger el fruto de su crimen. Atemorizó a Anne Morisot diciéndole que si se presentaba enseguida a probar su identidad se haría sospechosa. Así pues, le aconsejó que pidiese unos días de permiso y se la llevó a Róterdam, donde se casaron.

»Oportunamente la instruyó al detalle sobre la manera de reclamar la herencia. No había de decir nada de su colocación como doncella de lady Horbury y, en cambio, no debía dejar duda alguna respecto a la ausencia de su marido en el extranjero el día del crimen.

»Desgraciadamente para usted, la fecha señalada para que Anne Morisot fuese a París a reclamar su herencia coincidió con mi llegada a aquella ciudad, adonde me acompañó miss Grey, circunstancia que podía estropearle su plan si miss Grey y yo reconocíamos en Anne Morisot a la doncella de lady Horbury.

»Procuró usted verla a tiempo, pero le falló el propósito, y cuando llegó usted a París ella ya había visto al abogado. Al verse con usted de regreso al hotel, Anne le dijo que acababa de encontrarse conmigo. Las cosas se ponían negras y resolvió usted actuar sin tardanza.

»Era su intención que su flamante esposa no sobreviviera mucho tiempo a su condición de rica, y por eso se apresuró después de la ceremonia del matrimonio a firmar un testamento dejándose mutuamente cuanto tenían. Negocio redondo para usted.

»Supongo que intentaba usted llevar a cabo sus planes sin prisas. Se hubiera marchado al Canadá, so pretexto de haber perdido a sus pacientes. Allí habría vuelto a llevar el nombre de Richards y se le hubiera reunido su señora. De todos modos, no creo que la señora Richards hubiese tardado en morir, dejando una fortuna a un viudo inconsolable. ¡Entonces habría regresado usted a Inglaterra como Norman Gale, para gozar de la fortuna que con tanto éxito había alcanzado en Canadá! Pero, en vista de las circunstancias, creyó que no había tiempo que perder.

Poirot se detuvo para tomar aliento y Norman Gale, echando atrás la cabeza, prorrumpió en una carcajada.

—¡Es usted muy listo si adivina lo que se proponen hacer los otros! ¿Por qué no se pone a escribir como míster Clancy? —Y cambiando de tono exclamó con indignación—: Nunca había oído tal sarta de disparates. ¡Le costaría mucho, monsieur Poirot, probar todo lo que imagina!

El belga se mantuvo inalterable y dijo:

—Tal vez no. Por de pronto tengo algunas pruebas irrecusables.

—¿De veras? —repitió Norman, en tono de mofa—. ¿Acaso puede probar que fui quien mató a la vieja Giselle, siendo así que todos los que iban en el avión saben bien que nunca me acerqué a ella?

—Le diré de un modo concreto cómo cometió usted el crimen —le contestó Poirot—. ¿Qué me dice usted de lo que contenía su maletín? ¿No estaba de viaje de recreo? ¿Para qué quería la chaqueta blanca de dentista? Eso es lo que me pregunté. Y he aquí la contestación: por lo mucho que se parecía a una chaqueta de camarero.

»Verá usted lo que hizo. Cuando se sirvió el café y los dos camareros pasaron al otro departamento, entró usted en el lavabo, se puso la chaqueta blanca, se rellenó las mejillas de algodón, salió, cogió una cucharilla de café del armario, que estaba al otro lado, corrió a lo largo del pasillo como corren los camareros, cuchara en mano, hasta la mesa de Giselle. Le clavó la púa en el cuello, abrió la fosforera y soltó la avispa. Volvió al lavabo de inmediato, se cambió la chaqueta y fue tranquilamente a ocupar su asiento. Todo se había realizado en pocos segundos.

»Nadie se fija normalmente en un camarero. La única persona que habría podido reconocerle era Jane Grey. Pero ya conoce usted a las mujeres. En cuanto una mujer se ve sola, especialmente cuando viaja en compañía de un hombre agradable, aprovecha la ocasión para mirarse al espejo y empolvarse un poco.

—Realmente —se burló Gale— sería una reconstrucción admirable si fuese cierta. ¿Y nada más?

—Bastante más —dijo Poirot—. Como he dicho, en la conversación habla uno de sí mismo... Usted fue lo bastante imprudente para comunicarme que durante algún tiempo estuvo en una granja de África del Sur. No dijo usted qué granja era, pero yo he sabido que era una granja de reptiles...

Por primera vez se reflejó el miedo en la cara de Norman Gale. Quiso hablar y no encontró palabras.

Poirot continuó:

—Estaba usted allá con el nombre de Richards. Un retrato suyo transmitido por teléfono ha sido reconocido. Esa misma fotografía ha sido identificada en Róterdam como del Richards que se casó con Anne Morisot.

Norman intentó hablar de nuevo inútilmente. Se produjo en él un cambio completo. El joven guapo y vigoroso parecía una rata que busca un agujero por donde escaparse y no lo encuentra...

—Sus planes se venían abajo rápidamente. La superiora del Instituto de Marie precipitó las cosas telegrafiando a Anne Morisot. El ocultar este telegrama hubiera despertado sospechas. Advirtió usted a su mujer que, si no suprimía ciertos hechos, uno de los dos se convertiría en sospechoso de asesinato, ya que, desgraciadamente, ambos estuvieron en el avión al ocurrir el crimen. Cuando al verla después se enteró usted de que yo había asistido a la entrevista, apresuró las cosas. Temía que yo arrancase la verdad a Anne. Tal vez ella misma sospechaba de usted. La hizo salir precipitadamente del hotel y la empujó al tren de la costa. Le administró a la fuerza ácido prúsico y le dejó la botella vacía en la mano.

—¡Qué sarta de mentiras...!

—¡Ah, no! Había una contusión en su cuello.

—Repito que es mentira.

—Hasta dejó sus huellas digitales en el frasquito.

—Miente. Llevaba...

—¡Ah! ¿Llevaba guantes...? Creo, monsieur, que esta confesión nos basta.

—¡Es usted un maldito charlatán!

Lívido de rabia, con el rostro desencajado, Gale se arrojó contra Poirot. Pero Japp reaccionó y, levantándose de repente, lo sujetó con sus manos de hierro mientras decía:

—James Richards, alias Norman Gale, tengo orden judicial de detenerle, acusado de asesinato. Es mi deber advertirle que cuanto diga servirá de prueba en el sumario que se instruya.

El detenido se echó a temblar con violentas sacudidas y parecía a punto de desmayarse.

Una pareja de guardias apareció en la puerta. A una orden se llevaron a Norman Gale.

Cuando se vio solo con Poirot, míster Clancy lanzó un profundo suspiro de felicidad.

—¡Monsieur Poirot! —exclamó—. Acabo de pasar por la emoción más grande que he experimentado en mi vida. ¡Ha estado usted admirable!

Poirot sonrió con aire de modestia.

—No, no. Japp es más digno de admiración que yo. Él ha obrado milagros para identificar a Gale como Richards. Una muchacha con la que estaba liado allí murió, según se supuso, por suicidio; pero luego se ha descubierto que fue asesinada.

—¡Es terrible! —exclamó míster Clancy.

—Un criminal empedernido —dijo Poirot—, y, como muchos criminales, atractivo para las mujeres.

Míster Clancy tosió.

—Esa pobre muchachita, Jane Grey...

Poirot movió la cabeza con tristeza.

—Sí, como le dije a ella, la vida puede ser algo terrible. Pero es una muchacha valiente y se sobrepondrá al golpe.

Y maquinalmente se puso a ordenar unas cuantas revistas que Norman Gale había hecho caer cuando se levantó tan violentamente.

Algo llamó su atención: una instantánea de Venetia Kerr en una carrera de caballos, hablando con lord Horbury y un amigo.

Se la alargó a míster Clancy.

—¿Ve usted esto? Antes de un año leeremos una noticia: «Se ha concertado la boda, que se celebrará en breve, entre lord Horbury y la honorable Venetia Kerr». ¿Y sabe quién arreglará este matrimonio? ¡Hércules Poirot! Y aún arreglaré otro matrimonio.

—¿Entre lady Horbury y míster Barraclough?

—¡Ah, no! Ese par no me interesa en absoluto. No, me refiero al matrimonio entre monsieur Jean Dupont y miss Jane Grey. Ya lo verá.

Un mes después, Jane vio a Poirot y le dijo:

—Debería odiarle, monsieur Poirot.

—Ódieme un poco, si quiere. Pero estoy convencido de que es usted de las personas que prefieren saber la verdad, por cruel que sea, a vivir en un paraíso falso, aunque tampoco hubiera vivido en él mucho tiempo. El eliminar a las mujeres es un vicio que va en aumento.

—¡Tan simpático que era! —dijo Jane. Y añadió—: Nunca me enamoraré.

—Claro —convino Poirot—. El amor ya ha muerto para usted.

—Lo que ahora debo hacer es trabajar, ocuparme en algo interesante que absorba mi pensamiento.

—Le aconsejaría que fuese a Persia con los Dupont. Tendría una ocupación interesante, si aceptase.

—Pero..., pero... yo creía que eso era una broma que usted me gastaba.

—Al contrario. Se me ha despertado tal interés por la arqueología y la cerámica prehistórica que les he mandado un cheque para el donativo que les prometí. Esta mañana he tenido noticias de que esperan que usted se una a la expedición. ¿Sabe dibujar?

—Sí, en la escuela lo hacía bastante bien.

—Magnífico. Me parece que se divertirá usted de lo lindo.

—¿Pero de veras desean que yo vaya?

—Cuentan con usted.

—Monsieur Poirot... —Lo miró con cara de recelo—. ¿No ha sido usted..., no ha sido usted demasiado bueno?

—¿Bueno? —repitió Poirot, fingiendo horrorizarse ante la idea—. Puedo asegurarle, mademoiselle, que cuando se trata de dinero no soy más que un hombre de negocios... Creo que será mejor que vaya a algún museo para ver un poco de cerámica prehistórica.

—Muy buena idea.

Ya estaba en la puerta cuando volvió al lado de Poirot y dijo:

—Tal vez no haya sido excesivamente generoso en ese particular, pero ha sido usted muy bueno conmigo en todo.

Le dio un beso en la frente y se alejó corriendo.

—*Ça c'est très gentil!* —dijo Hércules Poirot.

Descubre los clásicos de Agatha Christie

¿POR QUÉ NO LE PREGUNTAN A EVANS?
UN PUÑADO DE CENTENO
EL MISTERIOSO SEÑOR BROWN